Karin Bruder
Haifische kommen nicht an Land

Karin Bruder

HAIFISCHE KOMMEN NICHT AN LAND

Peter Hammer Verlag

Ich danke Monika und Michael Höhn, deren Arbeit und Bücher mich zu diesem Roman inspiriert haben, und verneige mich vor ihrem Engagement. Großen Dank schulde ich auch meinen Erstlesern, Liane Tittes, Jürgen und Ines Bruder.

für Joaquín und seine Schwestern

Womit Joaquín sein Essen verdienen wollte

Die Insel: Ometepe, das Land: Nicaragua. Ein alter Mann, drei Kinder, ein Pferd, ein Friedhof. Dazu etwa zwei Dutzend verstreut liegende Gräber. Grasbewachsene Hügel mit und ohne Holzkreuz für die Armen, gemauerte Gräber für die Reichen. Hell glänzen die weißen Kacheln der Grabpodeste: Die Reichen haben sich ein Dach über ihr Grab bauen lassen. Zum Schutz. Für ihre weißen Westen.
»Hau ab!« Joaquín bückte sich, hob einen Stein auf, zielte und traf. »Du hast hier nichts zu suchen.«
Das Pferd zuckte, trat einen Schritt zurück. Vertreiben ließ es sich nicht. Das Gras war hoch hier, so hoch wie auf keiner Weide. Da musste schon mehr passieren, bevor es fortging.
»Hörst du nicht?« Joaquíns Wut war noch nicht verraucht.
»Warst du das?« Er trat ans Grab seines Vaters. Das schlichte Holzkreuz stand schief. Joaquín zog es heraus. Entfernte Erdkrumen.

Manuel Villa stand auf dem Kreuz. Dazu das Geburtsjahr. Und das Sterbedatum, auf die Stunde genau. An den Geburtstag des Vaters hatte die Großmutter sich nicht erinnern können. Das Jahr aber war bekannt, 1982. Im vierten Jahr der Revolution war der Vater geboren worden. Aufbruchzeiten. Gute Zeiten, hatte die Großmutter gesagt. Doch ihr jüngster Sohn war nur neunundzwanzig Jahre alt geworden.

Joaquín stellte das Kreuz wieder auf, rammte es in den Boden, beschwerte den Pfosten mit zwei Steinen und drückte sie mit den Füßen ins Erdreich.

»Was meinst du, *Amigo*«, er winkte seinen Freund heran, »lassen sich Tote und Pflanzen von Pferden stören? Seit Monaten versuche ich einen Papayabaum zu pflanzen. Ich vermute, Pepes Gaul frisst die Pflänzchen ab.«

»Tote lassen sich von gar niemandem stören. Pflanzen schon.« Die Antwort kam sofort, flog knapp über Joaquíns Kopf hinweg. Sein Freund Pablo hatte von der Arbeit nicht aufgeschaut.

»Und Außerirdische?«, verlangte Joaquín zu wissen. »Was glauben Außerirdische, wenn sie mit ihren Fernrohren hinunterschauen und diese Hügel und Kreuze sehen?«

Erneut bekam Joaquín eine brummige Antwort.

»Außerirdische denken nicht. Viel zu heiß da oben.«

Endlich richtete sein Freund sich auf. Lachend stützte er sich auf die Schaufel, wischte sich den Schweiß von der Stirn. »Noch heißer als hier.«

Mit den ersten Geräuschen hatte die Sonne zugebissen. Hatte ihre kräftigen Zähne in den neuen Tag geschlagen. Und nur ein lahmer Wind schaute vorbei. Auf dem Friedhof war das Schaben der Schaufeln zu hören. Kein Blatt rieb sich an seinem Nachbarn, kein Ast summte. Jetzt ruhte auch die letzte Schaufel. Joaquín schaute sich um.

Er hatte Hunger. Richtigen Hunger, der sich mit Wasser nicht mehr überlisten ließ.

»Können wir endlich los?«, fragte er die anderen. Zu viert waren sie zurückgeblieben, um das Grab zuzuschütten: Der krumme Pepe mit dem Silberhaar, der ihnen sagte, was zu tun war, Pablo, José und er.

»Ihr müsst noch die Blumen verteilen«, verlangte Pepe. Er war steinalt, bestimmt älter als der Friedhof selbst. Er kannte jeden Stein, er kannte jeden Hügel. Selbst wenn der Name auf dem Kreuz verwittert war, wusste er, wer dort begraben lag.

Unter dem neu errichteten Hügel lag Tio Gustavo. Vorgestern war er gestorben. Die Erde, auf die die Jungen die Kränze und Blumen legten, war dunkel und herrlich krümelig. Sie war gestern erst ausgehoben worden. Gestern hatten sie zu dritt gearbeitet, heute hatten sie zu dritt gearbeitet. Pablo, José und Joaquín. Die Arbeit war schwer gewesen. Auch jetzt schwitzten die Jungs, wischten sich mit dem Ärmel den Schweiß ab. Pepe hatte nur gute Ratschläge erteilt und Anweisungen gegeben. Jetzt endlich sollte es die Belohnung für all die Mühe geben. Sie würden sich die Hände waschen und zur Familie von Tio Gustavo gehen. Sie würden sich dort so richtig satt essen.

»Können wir endlich los?«

Zufrieden betrachtete Joaquín die Sträuße. Sie leuchteten in kräftigem Rot, Gelb und Weiß. Richtig schöne Blumen, für einen der reichsten Männer des Dorfes. Ein einzelnes Spruchband flatterte im Wind. Auf weißem Grund waren mit goldenen Buchstaben Lügenworte gedruckt worden.

Ich trauere um meinen gelibten Mann – Emilia Clara Banderas Cruz

Ein *e* fehlte im Wort *geliebten*. Jeder im Dorf wusste, dass Emilia und ihr Mann nicht glücklich gewesen waren und nur deshalb gemeinsame Kinder hatten, weil die Schwiegermütter sie jedes Jahr mehrmals in ihrem Schlafzimmer einsperrten.
In ein paar Wochen sollte eine erhöhte Steinplatte gegossen werden. So wie bei den anderen Reichen aus dem Dorf. Joaquín hatte gefragt, ob er bei dieser Arbeit auch mitmachen dürfe. Aber Pepe hatte abgewunken.
»Grünschnabel, du. Diese Arbeit mache ich lieber mit Roberto.« Es stimmte, Joaquín hatte noch nie mit Beton gearbeitet. Er hatte auch noch nie Fliesen verklebt. Aber er hatte gesehen, wie Männer Zement, Sand und Wasser vermischten. Ein dickflüssiger Brei war entstanden, den sie mit Schaufeln in die Zwischenräume der Holzvertäfelung einfüllten. Später war eine steinharte Mauer entstanden.
Ich werde ihn in ein paar Wochen noch einmal fragen, nahm Joaquín sich vor. Soll die Erde sich erst einmal senken. Jetzt wird gegessen. Ich werde mir den Magen so richtig vollschlagen. Mit Hühnchen und gefüllten Blätter-

teigpasteten und eisgekühlter Limonade. Joaquín musste nicht lange darüber nachgrübeln, welches Essen die Familie Banderas wohl auftischen würde. Es gab ja doch immer das Gleiche. Und doch war das Gleiche so köstlich, dass sich in seinem Mund jede Menge Speichel sammelte. Rasch schluckte er ihn hinunter, schob ihn dorthin, wo eine Höhle darauf wartete, gefüllt zu werden. Seit gestern Abend hatte er nichts mehr gegessen.

»Los, Amigos!«, rief er seinen Freunden zu. »Wer als Erster beim Ausgang ist.«

»He, ihr räumt mir erst noch die Schaufeln weg«, rief der krumme Pepe ihnen hinterher. »Sonst setzt es was.«

Doch das war eine leere Drohung. Die schwere Arbeit hatten sie erledigt, während er in aller Seelenruhe Wasser für sein Pferd geholt hatte. Sie hatten Schaufel um Schaufel Erde aus der Tiefe befördert, während er im Schatten eines Kalebassenbaums zum Himmel hochgeschaut und die Wolken bewundert hatte. Nun sollte er wenigstens das Werkzeug reinigen und aufräumen.

Wodurch Joaquín aufgehalten wurde

Joaquín erreichte nicht wie geplant als Erster das Eisentor. Mitten im Lauf fing ihn eine Wurzel ein, er stolperte, fiel hin und schlug sich das Knie auf. Nicht weiter schlimm. Joaquín war es gewohnt, bei Regen auszurutschen, auf trockenem Laub wegzuschlittern, einem Lastwagen auszuweichen und dabei in den Graben zu rutschen. Seine Beine erzählten zahlreiche Geschichten von Stürzen, Kletterpartien und wagemutigen Überholmanövern. Und auch jetzt hörte er dem Schmerz eher wie einem nörgelnden Bruder zu. Nur dass der ihn diesmal auszulachen schien. Ha, wie ungeschickt du bist, wie dumm du dich anstellst. Rennst so schnell, dass du nicht auf den Weg achtgibst. Und was hast du davon? Letzter bist du geworden.

»He, wartet auf mich, Amigos!«

Es galt also aufzustehen, den Schmerz zum Schweigen zu bringen, die Wunde notdürftig mit Spucke zu reinigen und den anderen hinterherzuhumpeln. Keinesfalls durfte er das Essen verpassen. Seinen Lohn für zwei Tage Arbeit.

»José, Pablo?«

Wo waren sie denn? Joaquín blickte sich um. Das gab's doch nicht. Seine Freunde schienen sich einen Spaß daraus zu machen, ihm vorauszueilen. Hatten sie ihn missverstanden? Er hatte doch bis zum ›Tor‹ gesagt. Oder etwa nicht?

»Verflixt und zugenäht. Wenn ihr ohne mich anfangt«, schimpfte er los, »dann rede ich kein Wort mehr mit euch.«

Ein lächerlicher Wutanfall, es war ja niemand mehr da, der ihm zuhören konnte. Egal, seufzte Joaquín und humpelte weiter.

Doch an diesem Tag schien sich die Welt im Kopfstand zu üben. Joaquín war noch keine zehn Schritte auf der Hauptstraße unterwegs, als ein Wagen neben ihm hielt. Reifen quietschten. Feiner Sand, der sich zwischen den Pflastersteinen gesammelt hatte, flog verärgert hoch. Ein Jeep stand da. Mitten auf der Straße. Nicht besonders groß und doch etwas Besonderes. Schwarz, glänzend wie Holzkohle, nagelneu. Keine einzige Beule zu entdecken und auch keine Schmutzränder. Nur feiner Staub auf den Kotflügeln. Vom Himmel war er gefallen. Und zwei Engel stiegen aus. Ein blondes Mädchen und ein Mann. Gringos. Das konnte nichts Gutes bedeuten. Fremde, die ihm den Weg abschnitten. Neugierde und der Wunsch zu fliehen begannen sich in Joaquíns Kopf zu bekämpfen.
»Hola, sollen wir dich mitnehmen?«, sprach der Mann. Auch er blond. Gelbhaarig wie eine reife Sonne. Solche Haare konnte man im Laden kaufen. Joaquín war ein paarmal in der Provinzhauptstadt gewesen. In einem Friseurladen hingen dichte Haarbüschel, in Rot, Schwarz und Sonnengelb.
»Warum?«, fragte Joaquín und wunderte sich. Darüber, dass der Fremde seine Sprache sprach, darüber, dass dieser Mensch ihn voller Mitleid ansah.
»Du bist verletzt.«
Joaquín besah sein Knie, als hätte er keine Ahnung von der Verletzung. Als wäre ihm nie in den Sinn gekommen, dass er deshalb humpelte. Mit den Fingern wischte er das

Blut weg. Wischte auch Dreck in die Wunde. Schließlich sah er wieder auf. Das Mädchen hatte kein Wort gesagt. Starrte ihn nur an. Mit viel Neugierde im Blick. Kein Mitleid. Ich bin kein Schwächling, dachte Joaquín. Ich werde wegen so einer Kleinigkeit nicht in ein Auto steigen. Vielleicht nehmen sie mich mit und verkaufen mich an der nächsten Straßenecke. Der Schmerz kehrte in Joaquíns Bein zurück. Gringos war alles Mögliche zuzutrauen. Es kursierten zahlreiche Geschichten über sie. Nicht alle konnten wahr sein. Niemand besaß mehr als ein Auto, wenn er nicht Taxiunternehmer oder Großgrundbesitzer war. Unmöglich. Und kein Mensch würde sich drei Häuser bauen, um jeweils nur ein paar Wochen darin zu wohnen. Diese Geschichten mussten erfunden worden sein. Joaquín merkte, dass der Weiße auf eine Antwort wartete. Aber ihm fiel beim besten Willen keine ein.

»Wir bringen ihn zum Arzt!« Der Mann drehte sich um, winkte das Mädchen heran. Sprach, als wäre Joaquín nicht mehr anwesend. Sprach jetzt in einer fremden Sprache. Die voller Zischlaute war. Und Joaquíns Ohren verletzen wollte.

Zu zweit kamen sie auf ihn zu. Von rechts und links schoben sich Hände unter seine Achseln. Joaquín stöhnte. Das blonde Mädchen war mit ihrem Knie gegen seines gestoßen. Sie war jung und tollpatschig wie ein Affenbaby.

»Es gibt hier keinen Arzt«, rief Joaquín gequält. »Ihr lügt. Lasst mich los! Was wollt ihr von mir?«

Was Joaquín befürchtete

Augenblicklich wich das Mädchen zurück. Nicht aber der Mann. Der packte noch fester zu, zog Joaquín zum Wagen.
»Wo wohnen deine Eltern? Wir müssen ihnen Bescheid sagen.«
»Bei mir ist niemand zu Hause«, erwiderte Joaquín rasch. Und erschrak über seine Worte. Die Großmutter war immer daheim. Aber Wegelagerern durfte man nie und nimmer die Wahrheit erzählen.
»Was wollen Sie von mir?«, wiederholte Joaquín.
»Was wohl?« Der Mann sprach nicht mit ihm, schaute das Mädchen an. »Es dauert nicht lange, wir nehmen ihn mit. Oder was meinst du?«
»Er kann hinten rein.«
Eine Tür ging auf. Mit hinten schien die Rückbank gemeint zu sein. Dorthin schob ihn der Blonde und Joaquín erschrak erneut. Da saß bereits ein Opfer. Saß mutterseelenallein auf der Rückbank. Ein Mädchen, fast schon eine Frau. Sie stammte aus dem Nachbardorf. Joaquín kannte sie vom Sehen. Das Mädchen war schwanger. Ihr großer Bauch berührte die Vorderlehne. Die Beine waren gegrätscht, spreizten den Rock. Warum nur hielt sie die Augen geschlossen? Warum nur kauerte sie mehr, als dass sie saß? Deutlich hörte er sie stöhnen. Da wusste er was los war: Ein Kind wollte auf die Welt kommen.
»Wir fahren nach Moyogalpa«, drängte der Mann und

schob Joaquín zu dem Nachbarmädchen auf die Rückbank. »Wir nehmen dich zur Krankenstation mit.«
»Hilfe!«, rief Joaquín und schaute sich nach allen Richtungen um. Noch nie hatte er die Dorfstraße so verlassen gesehen. Warum hatten seine Freunde nicht auf ihn gewartet? Und wo war Pepe? Tio Pepe mit den Säbelbeinen konnte ihn unmöglich überholt haben. Er war noch mit seinem Pferd und dem Werkzeug beschäftigt. Alle anderen aber saßen um das Festmahl herum und schlugen sich die Bäuche voll. Prosteten sich zu und erzählten sich Geschichten über den Toten. Wie gut er gewesen war, wie lustig, wie spendabel. Joaquín stellte sich einen langen Tisch vor, der im Halbschatten der Veranda aufgestellt worden war. Teller reihte sich an Teller. Hohe Gläser waren mit köstlicher Limonade gefüllt. Platten mit den feinsten Speisen standen in der Tischmitte. Für die Brotkörbe und das Obst war kein Platz mehr gewesen.
»Ich will zum Haus der Familie Banderas«, protestierte Joaquín. »Sie wohnen am Ende des Dorfes. In dem gelben Haus.«
Seine Worte flutschten, stolperten kein einziges Mal. Dennoch waren sie kaum zu verstehen. Wurden von hechelndem Fremdatem übertönt. Zwei Autotüren flogen ins Schloss, kurz danach brummte der Motor los. Nicht die Straße bewegte sich, sondern die Menschen und ihr Wagen. Die Nachbarin neben ihm stöhnte jetzt laut, sie schlug die Augen auf. Sie war hübsch. Vielleicht sechzehn Jahre alt. So alt wie meine Cousine Elisabeta, dachte

Joaquín. Fremde Finger suchten nach seiner Hand. Sie waren feucht, krallten sich an ihm fest. Es tat weh. Doch er sagte nichts.

Wir werden entführt, stellte Joaquín trocken fest. Und vielleicht ermordet. Was für eine tolle Geschichte. Da wird unser Dorf und das Nachbardorf und die ganze Insel was zu schwätzen haben. Stoff für hundert Tage und hundert Nächte. Joaquín stellte sich die Schlagzeilen in den Zeitungen und die Berichte im Fernsehen vor. Und spürte, wie sich vor Vorfreude seine Wangen verfärbten. Mama aber, auch die Großmutter und meine Geschwister werden um mich trauern. Meine Freunde werden bereuen, dass sie mich im Stich gelassen haben, und bittere Tränen vergießen. Ein schönes Spektakel wird das geben. Nur schade, dass ich nicht dabei sein kann. Irgendwann werden sie mich für tot erklären müssen. Meine Beerdigung stelle ich mir einzigartig, aber bescheiden vor. Natürlich. Keine Blumen, keine Musik. Ein schmaler Sarg wird in die Erde sinken. Nie ist man bei der eigenen Beerdigung anwesend, das ist ungerecht. Meine Familie wird ein Festmahl ausrichten. Und das Dorf wird sich den Bauch vollschlagen.
Joaquín erwachte aus seinem Tagtraum. Schüttelte sich. Das geht nicht, wurde ihm bewusst. Keinesfalls. Wenn ich nicht mehr mitarbeite, kann Mutter nur wenig Reis kaufen. Und noch weniger Bohnen als sonst. Und das bisschen wird sie nicht anbieten können.

Joaquín wusste, dass seine Mutter Geld versteckte. Neben dem Bett der Großmutter befand sich eine Öffnung im Mauerwerk, dort hinein stopfte die Mutter, wenn sie sich unbeobachtet fühlte, schmale Geldscheine. Doch er wollte nicht, dass dieses Geld für ihn ausgegeben wurde. Ich werde jetzt die Tür öffnen und hinausspringen. Eine Beerdigung können wir uns nicht leisten.
»Ich darf nicht sterben«, rief der Junge und drückte den Türgriff.

Wie ein Unglück an Fahrt gewinnt

Joaquíns Mut konnte nicht erprobt werden. Denn die Tür mit dem matt glänzenden Kunststoffüberzug ließ sich nicht öffnen. Schien verriegelt. Ihm wurde abwechselnd warm und kalt. Im Inneren des Wagens lief die Klimaanlage. Dass es so etwas gab, hatte er gehört. Erlebt hatte er es noch nicht. Sie wollten ihn wie ein Fischfilet einfrieren.
»Ich muss raus!« Der Wagen fuhr nicht schnell, es wäre nicht besonders gefährlich gewesen hinauszuspringen. Warum nur hielten sie ihn fest? Joaquín rüttelte und rüttelte. Das Schloss gab nicht nach. Sowieso konnte er nur mit einer Hand arbeiten. Die andere wurde immer noch fest umklammert. Von dieser unglücklichen jungen Nachbarin. Deren Nasenspitze und Fingerknöchel sich weiß verfärbten.

»Wenn du so weitermachst, wirst du so weiß wie unsere Entführer«, murmelte Joaquín. »Die haben einen wirklich schönen Fang gemacht. Haben dich und dein Baby erwischt. Zwei in einem Sack. Sie werden den doppelten Preis verlangen. Babys sind begehrt. Aber wozu brauchen sie mich? He, kannst du mir das sagen?«

Die junge Frau antwortete nicht. Feiner Schweiß lag auf ihrem Nasenrücken, als würde in ihrem Inneren eine Suppe kochen. Bestimmt war sie ebenso unglücklich oder empört wie er. Immer fester wurde ihr Griff, immer stärker traten die Adern an ihrer Stirn hervor.

»Sag, wozu brauchen sie mich?« Noch während Joaquín auf dem Gedanken kaute und auf Antwort wartete, begegnete ihm ein zutiefst angestrengter Blick. Im Rückspiegel beobachtete ihn ein besorgtes Augenpaar. Auch das blonde Gringomädchen hatte sich umgedreht.

»Wir tun dir nichts, du dummer Junge«, sprach sie ihn an. Ihr Spanisch klang hart. Das störte ihn nicht. Ihn störte die kratzig klingende Beleidigung. Dummer Junge. Meinte sie damit ihn, Joaquín?

»Wir fahren zum Arzt. Und los, hier ist ein Taschentuch. Damit kannst du ihr das Gesicht trocknen.«

Endlich begriff Joaquín, wofür er gebraucht wurde. Er sollte sich um die Schwangere kümmern. Damit konnte er leben. Dennoch weigerte er sich, nach dem Taschentuch zu greifen. Beleidigt sein war in diesem Fall keine schlechte Eigenschaft, sondern angebracht. Fand er. Hätten sie ihm das nicht in aller Ruhe erklären können?

Hätten sie ihm nicht die Chance einräumen müssen, zwischen einer Extrafahrt und dem Lohn für viele Stunden Arbeit abzuwägen?
Nein, keine Beleidigungen kamen über seine Lippen.
Dabei lagen hübsche Sätze zwischen seinen Zähnen. Lagen dort, wo ein Stück Pastete hätte liegen sollen.
Ich habe Hunger!
Immer noch und immer mehr.
Falls das jemanden interessiert.
Weil ihr mich um meinen Lohn betrogen habt.
Das bedeutet: Du kannst mich mal!
Wisch ihr doch selbst den Schweiß ab!
Joaquín sagte nichts dergleichen. Aber er verschränkte den einen freien Arm vor der Brust.
Was bestimmt merkwürdig aussah. Denn einen Arm kann man nicht verschränken. Er merkte es an der Reaktion des blonden Mädchens. Ihre Mundwinkel wanderten nach oben. Die Lippen spitzten sich zu einem Lächeln, ihre Augen strahlten wie die Blütenkelche des Storchenschnabels. Und dann wurde ihr Mund geöffnet, sie lachte ihn aus.
»Was guckst du so beleidigt?«, lachte sie. »Kannst du nicht nett sein? Einfach nur nett. Wir sind doch auch nett zu dir. Los, mach schon. Siehst du nicht, wie sie leidet?«

Ja, das sah Joaquín. Und deshalb sprang er über seinen Schatten. Nahm Arm und Hand von der Brust und tat, worum er gebeten wurde. Allerdings zögerlich. Mit unendlich langsamen Bewegungen ergriff er das Taschentuch. Zunächst wischte er sich selbst den Schweiß von der Stirn. Dann betupfte er das Gesicht der jungen Frau. Und weil das nicht zu reichen schien, tat er etwas, was er von seiner Großmutter gelernt hatte. Er begann wie ein Papagei zu plappern. Die ganze restliche Fahrt über schlüpfte er ins Großmutterkostüm und redete beruhigend auf die Schwangere ein. Machte keine einzige Pause. Wartete auch nicht auf eine Antwort oder höfliche Gegenfragen, sondern setzte seine Stimme sprudelnd ein, plätscherndes Wasser, das von Stein zu Stein hüpft und über alle Widerstände hinwegfließt.

»Wie heißt du? Wie alt bist du? Hast du schon einen Namen für dein Baby?«, begann er. Und fuhr dann fort:»Was wird es wohl werden, was glaubst du, ein Mädchen oder ein Junge? Ein Junge wäre schön. Der ist stark und kann später Geld verdienen. Ein Mädchen ist aber auch nicht schlecht, das kann dir bei der Hausarbeit helfen. Wirst du bei den Eltern leben oder wird dir dein Geliebter ein Haus bauen?«

»Was redest du da für Blödsinn?«, unterbrach ihn das blonde Gringomädchen. Doch er beachtete sie nicht. Schließlich gab es etwas zu tun. Joaquín redete und redete und schaute nur auf, wenn das Auto abbremste. Weil eine Kuh auf der Straße stand oder ein Hund zu alt war und lange brauchte, um sich zu erheben. Ab und zu musste der Autofahrer einen großen Bogen fahren, weil der Straßenbelag uneben war. Und einmal wollten zwei

Hunde partout nicht aufstehen. Waren wohl müde und hatten sich mitten auf der Straße zu einem Schläfchen verabredet. Und dennoch erreichten sie viel schneller als gedacht die ersten Gebäude von Moyogalpa.
Erst kamen die Hütten der Armen, dann die etwas stabiler gebauten Steinhäuser und schließlich fuhren sie durchs Zentrum, hielten vor der Markthalle.
Joaquín suchte nach dem Friseurladen mit den gelben und roten und schwarzen Haaren, aber er konnte sich nicht daran erinnern, an welcher Ecke er den Laden gesehen hatte.
»Sag, wo hast du deine Haare gekauft?«, fragte er deshalb das blonde Mädchen.

Warum Mädchen Macht besitzen

Das weiße Mädchen mit den gelben Haaren hieß Rosa. Das fand Joaquín so lustig, dass er sich zu schämen vergaß. Denn natürlich schaute sie verwundert.
»Meinst du die wären unecht? In Deutschland haben viele Menschen blonde Haare. Ich heiße übrigens Rosa. Und wie heißt du?«
Joaquín lachte und lachte.
»Aber wenn du weiß bist, warum nennen sie dich dann Rosa? Wenn du echte goldfarbene Haare hast, warum haben sie dich nicht nach der Sonne benannt?«

»Willst du jetzt reden oder aussteigen?«
Sie stiegen aus. Der Mann zuerst, dann Joaquín, dann Rosa und zu dritt halfen sie der Schwangeren aus dem Wagen. Die schien keine Angst zu haben, sondern freute sich auf den Arzt. Jetzt dämmerte Joaquín, von welchem Arzt die Fremden gesprochen hatten. In der Stadt gab es eine Krankenstation. Und auch das wusste er, obwohl er noch nie da gewesen war, sie lag gegenüber der Markthalle.
Bis zur Tür begleitete er die Schwangere, dann ließ er sie los.
»Viel Glück, für dich und dein Kind.« Joaquín drehte sich um und wollte gehen.
»Wohin willst du?«, fragte der Gringomann.
»Nach Hause.«
»Aber du musst dich verbinden lassen.«
»Warum?«
»Weil du blutest.«
»No!« Das *Nein* kam schnell und laut. Doch das schien niemand zu interessieren. Weder die Fremden, noch die Menschen, die sich nach ihnen durch die schmale Tür des mehrstöckigen Hauses drückten. Mehrstöckige Häuser waren auf Ometepe selten. Joaquín konnte sich nicht erinnern, dass er je eines betreten hatte. Eine Treppe war ihm fremd. Er wollte da nicht hoch. Er wollte heim. Doch da sagte Rosa einen Kurzsatz.
»Du Feigling«, sagte sie.
Und er stieg, ohne zu murren, die Treppen nach oben. Mit hochrotem Kopf.

Warum weiße Mädchen anders sind

Längst war sein Knie desinfiziert und verbunden. Längst hatte man Cristina, so hieß das Nachbarmädchen, das Mutter werden wollte, hinter einem Vorhang versteckt. Hinter diesem Vorhang erklangen seit geraumer Zeit die allermerkwürdigsten Töne. Rhythmisch pochende Töne, wie von einer großen Trommel. Rosa hatte Joaquín zwar erklärt, dass das die Herztöne des ungeborenen Kindes seien, doch das musste man nicht glauben. Joaquín fasste Rosa an die Nase, wollte herausfinden, ob sie log. Die Nase war trocken. Im Raum war es angenehm kühl. Ein Deckenventilator sorgte dafür, dass die Luft sich im Kreis drehte. Es roch nach Reinigungsmittel, scharf, ätzend. Hier konnte man es aushalten. Rosa und Joaquín saßen auf blauen Plastikstühlen, die wie eine Perlenkette im schmalen Flur der Krankenstation aufgestellt worden waren. Bestimmt zehn Patienten oder mehr hatten keinen Sitzplatz gefunden, mussten stehend warten. Regelmäßig kam eine Putzfrau vorbei, sie tunkte den Wischmopp in einen Eimer, schüttete grüne Flüssigkeit über den Mopp und begann, den Boden zu wischen. Die Wartenden hoben ihre Beine an und ein kleines Beinballett begann. Sobald unter dem Stuhl geputzt worden war, glitten die Beine wieder hinunter. Jede halbe Stunde spielte die Putzfrau dieses Spiel mit ihnen. Zwei Durchgänge hatten die beiden bereits erlebt. Dadurch wurde ihnen das Warten nicht lang. Rosas Vater war im Zimmer der Ärztin verschwunden, eine Besprechung fand dort statt. Warum Joaquín immer noch nicht nach Hause gehen durfte, obwohl er doch verbunden worden war und andere Patienten seinen Platz benötigten, wusste er nicht. Er wusste so vieles nicht. Er ahnte aber, dass Rosa und ihr Vater ihn nicht entführt hatten. Sie wollten ihm etwas schenken. Den schönsten Verband der Welt. Joaquín war es nicht gewohnt, etwas geschenkt zu bekommen. Angst hatte nach ihm gegriffen, als die Ärztin sich um ihn zu kümmern begann.

»Nein«, hatte er gestottert, und nochmals: »Nein! Ich kann das nicht bezahlen.«

Doch jetzt war er froh, dass sein Knie so hübsch aussah. Wie etwas sehr Wertvolles.

Im Dorf werde ich gehörigen Eindruck schinden. Bestimmt werden sie mit mir mitfühlen. Und meine Freunde werden sich daran erinnern, dass sie ohne mich zum Leichenschmaus gerannt sind. Sie werden mir bei nächster Gelegenheit etwas abgeben. Sie stehen in meiner Schuld. Hoffentlich wissen sie das auch.

Dass Joaquín schon wieder ans Essen dachte, war nicht verwunderlich. Bei aller Aufregung, bei allem Neuen, das er heute erfahren und erlebt hatte, war ein Grundgefühl gleich geblieben: Richtig glücklich kann man nur sein, wenn der Magen nicht knurrt.

»Hast du Hunger?« Tatsächlich, Rosa schaute auf seinen Bauch, dann in sein Gesicht. »Bei dir, wie sagt man das, da bellt etwas. Ein kleiner Hund vielleicht. Hast du einen *perro* da drin?«

Noch bevor er antworten konnte, passierte das Unglaubliche. Rosa stand auf, sie trat an die Tür, hinter der ihr Vater und die Ärztin verschwunden waren, sie klopfte an, sie öffnete, sie ging hinein, sie kam nach kurzer Zeit wieder heraus. In ihren Augen lag jetzt ein Lachen, das nur an Joaquín gerichtet war. Sie gab ihm ein Zeichen. »Los, komm schon!«

»Aber wir sollen hier warten.«

»Tust du immer, was man von dir verlangt?«

Diese Weißen behaupteten nicht nur die merkwürdigsten Dinge, sie stellten auch die unmöglichsten Fragen. Was verlangte man schon von ihm? Ein bisschen zu warten. Das tat nicht weh. Wohin sollte er auch gehen? Zu Fuß konnte er nicht nach Hause gehen. Er würde einen ganzen Tag und mehr brauchen. Zudem war es spät geworden. Kein Wagen würde ihn mehr mitnehmen. Und für den Bus besaß er kein Geld. Also wartete er. War das unlogisch? Nun aber wollte Rosa, dass er ihr folgte.

Nein, ich tue nicht immer, was man mir sagt, gedachte er ihr entgegenzuhalten. Und schon gar nicht, wenn ein Mädchen mit den Fingern schnippt. Dann aber sah er den Geldschein. Rosa war klug. Sie wedelte damit. Solange, bis er verstand. Bis er aufstand und ihr auf die Straße folgte.

Wie fremde Wörter sich anfühlen

Moyogalpa ist eine von zwei Provinzstädten der Insel Ometepe. Und zwei Provinzstädte sind es, weil die Insel auf zwei Vulkanen steht. Nach zahlreichen Ausbrüchen haben sie sich zusammengetan und die Arbeit untereinander aufgeteilt. Der eine Berg spuckt und raucht und verbreitet ein gewisses Abenteuergefühl, der andere ruht gelassen und ernährt die Bevölkerung. Guckt man von oben auf die Insel herab, sieht man eine schwimmende Acht im Wasser liegen. Ometepe also ist eine Doppelinsel und liegt im Nicaraguasee, dem größten See Mittelamerikas. Dort leben auch Haifische. Allerdings sehr wenige, denn es gibt Restaurantbesucher, die unbedingt Haifischflossensuppe essen wollen. Um ein bisschen Suppe zu kochen, muss ein ganzes Tier sterben. Wirklich nur die Rückenflosse wird verwendet. Die Süßwasserhaie wurden in der Vergangenheit gnadenlos gejagt. Es ist Jahre her, seit der letzte gesichtet wurde. Und die Provinzstadt? Wie kann man sie sich vorstellen? Verglichen mit anderen Hauptstädten ist Moyogalpa ein Dorf.

Rosa wusste das. Joaquín, der ab und zu bei Freunden oder in einem Laden Fernsehen schauen durfte, wusste es auch. Doch für ihn war es nur schwer zu glauben. Auf der Hauptstraße drängten sich zahlreiche Autos und Busse. Dichter Qualm stieg aus Auspuffrohren. Es stank. Wohin man schaute, hasteten Menschen mit Körben und Tragetaschen vorbei. Pferdekarren drängten sich zwischen die

Autos und wurden böse angehupt. Joaquín konnte sich nicht vorstellen, dass irgendwo ein noch größerer Trubel möglich war. Dabei hatte er sie gesehen, die Straßen, in denen vier oder sechs Autos nebeneinander Platz fanden. Aber vielleicht waren das Trickfilme.

Rosas Geldschein hingegen hielt er für echt. Ihm konnte man vertrauen.

»Wohin?«, fragte der Mund, der zu der Hand mit dem Geldschein gehörte. Und Joaquín überlegte nicht lange, sondern griff nach der Hand und zog das Geldmädchen zum Markt. Hundert Cordobas waren viel Geld für Joaquín. Davon können wir gut satt werden, freute er sich.

Der Markt befand sich in einem überdachten Gebäude. Jeden Tag hatte er geöffnet. Jeden Tag konnte man hier herrlich einkaufen. Neben Taschen, Kleidung und Haushaltsgeräten lagen frische Waren aus: Obst, Gemüse, Käse, Kuchen, Fleisch und Eier. Und den ganzen Tag über fuhren Bauern vor, die neue Bananen, Mangos und Säcke voller Reis anlieferten. Ziemlich im Zentrum des Marktes lagen die Garküchen. Dort konnte man an Holztischen Platz nehmen und sich bedienen lassen. Ein einziges Mal hatte Joaquín hier mit seiner Mutter gesessen und etwas bestellt. Eine Suppe mit Brot kostete zwanzig Cordobas. Die Preise kannte er auswendig. Und rasch überschlug er, wie viel er und Rosa bestellen durften.

Zwei Suppen plus Brot kosteten vierzig. Blieben sechzig

übrig. Dürfen wir das Geld komplett ausgeben?, überlegte Joaquín. Für ein warmes Getränk vielleicht oder einen frischen Fruchtsaft? Und wie wäre es, wenn wir noch zwei Omeletts dazubestellen würden? Vierzig plus dreißig plus dreißig macht hundert. Joaquín war mit seinen Berechnungen zufrieden. Doch wie brachte er seinen Plan diesem Mädchen näher? Sie war die Geldgeberin, also die Chefin. Noch während er darüber nachdachte, mit welchen Worten er seinen Wünschen Ausdruck verleihen sollte, entdeckte er das Unfassbare. Aus Rosas Hand fiel nicht nur der Hundertcordobaschein sondern auch ein nagelneuer Fünfhunderter. Und noch bevor er sich an diesem Wunder sattgesehen hatte, vernahm er die nächste Überraschung.

»Dann bestell mal, was du willst«, sagte Rosa, nahm Platz und legte das Geld auf den Tisch. Hob den Serviettenständer an und beschwerte das Geld damit. Vor einem Windzug schien sie Angst zu haben. Davor, dass ihr jemand das Geld stehlen könnte, nicht.

»Was ich will? Und soviel ich will?«

Statt einer Antwort nickte Rosa, machte eine einladende Bewegung. Großzügig und allumfassend, als würde sie alle Waren des Marktes miteinschließen.

»Warum gibt dir dein Vater so viel Geld?«

»Echt viel ist es nicht. Das bekomme ich jeden Monat. Es sind ja nur ein paar Euro. Das ist mein, ich weiß nicht, wie es bei euch heißt, mein Geld für die Tasche.«

»Was meinst du damit?«

Rosa dachte nach. Man konnte sehen, dass sie nicht genau wusste, was sie sagen sollte.
»Seit der Kindergartenzeit bekomme ich Taschengeld. Damit ich lerne, wie man mit Geld umgeht.«
»Und was arbeitest du dafür?«
»Ich muss dafür nicht wirklich arbeiten. Ich bekomme es von meinen Eltern, weil sie mich lieb haben.«

Warum weiße Mädchen nicht auf dem Markt essen dürfen

Gott sei Dank kam eine junge Frau an den Tisch und drückte Joaquín und Rosa eine Speisekarte in die Hand. »Bitte schön, *por favor*«, sagte sie, »und herzlich willkommen.« Joaquín hielt den Kopf über die Tischplatte gebeugt. Er schämte sich. Er verstand das nicht. Warum sagte dieses Mädchen so etwas? Hatte seine Mutter ihn etwa nicht lieb?
»Wisst ihr schon, was ihr wollt?«, fragte die Bedienung.
»Ich habe keinen Hunger«, betonte Rosa und legte die Karte ungesehen weg. »Und ich darf hier auch nichts trinken.«
Während ich nicht lesen kann, was auf dieser Karte steht, hätte Joaquín gerne erwidert. Die Zahlen kenne ich trotzdem. Und mit Geld kann ich prima umgehen, obwohl mir noch nie jemand Geld geschenkt hat. Viel-

leicht gerade deshalb. Und überhaupt bist du dumm. Denn essen kann man immer. Egal wie spät oder wie früh es ist. Und ein Magen ohne Hunger ist gar kein richtiger Magen. Eher etwas für Tote oder Kranke.
»Bist du krank?«, wollte er wissen.
»Nein. Aber ich darf nur im Hotel und in einem richtigen Restaurant essen.« Und damit war alles gesagt und Rosa beachtete ihn nicht weiter, sondern drehte sich weg. Schaute und staunte. Joaquín nutzte die Chance, legte ebenfalls die Karte weg und begann mit der Bedienung zu verhandeln.
»Eine Hühnersuppe mit Brot, ein Omelette, einen Papayasaft mit Eis.«
Rosa beobachtete immer noch den Milchverkäufer, der mit einer Kelle in eine große Kanne fuhr und die geschöpfte Milch in kleine Plastiktüten leerte. Rasch verknotete er die Tüten, stülpte dann eine zweite Tüte darüber. Immer wieder musste er seine Arbeit unterbrechen, weil Kunden ihm Milch abkauften. Bestimmt war sie billiger als im Supermarkt. Weitere Kunden kamen, weitere Päckchen wechselten den Besitzer, als sich ein Bauer mit einem Riesenkorb Kochbananen durch den schmalen Eingang drückte und dabei am Tisch des Milchverkäufers hängen blieb. Der Tisch fiel um und die restlichen Beutel landeten auf dem Boden. Fast alle Päckchen hielten der Erschütterung stand. Einige wenige zerplatzten jedoch. Und rasch bildete sich auf dem Betonboden eine Lache, ein kleiner Milchsee.

»Was soll das, kannst du nicht aufpassen?«
»Wieso aufpassen, wenn doch dein Tisch mitten im Weg steht.« Ein großes Spektakel hob an. Der Bauer sollte die Milch bezahlen.
»Kommt überhaupt nicht in Frage«, wehrte dieser ab.
»Nur wer konsumiert, muss bezahlen.« Ein Kind wurde weggeschickt, um Eimer und Wasser zu holen.
»So kommst du mir nicht davon. Du bist schuld.«
»Nein, du. Der Tisch stand krumm.«
Weitere Männer und eine Frau mischten sich ein. Der Milchverkäufer musste zugeben, dass sein Tisch den Eingang blockiert hatte. Die beiden Streithähne gaben nach und schlugen sich gegenseitig auf die Schultern. Ein paar Bananen landeten auf dem wieder aufgerichteten Tisch. Und es gab auch einen richtigen Gewinner. Ein Hund war herbeigeeilt, um die Milch aufzulecken. Niemand störte sich daran. Bis das Kind mit dem Wassereimer wiederkam. Der Milchmann goss dem Hund einen Schwall Wasser zwischen die Beine. Trat nach ihm und wollte ihn vertreiben.
In dem Augenblick sprang Rosa auf. Es waren ja nur drei Schritte. Schon war sie bei dem Mann, zog ihn am Hemd, schimpfte ihn aus.
»Nach Lebewesen tritt man nicht. Nach Hunden schon gar nicht. Er hat Hunger, sehen Sie das nicht, Señor? « Joaquín musste aufstehen.
»Sie kommt aus Deutschland«, erklärte er dem Hundequäler, »es tut mir sehr leid. Sie meint es nicht so.«

»Doch, genau so meine ich es.«
»Aber du meinst es auch noch anders«, schlug Joaquín versöhnlich vor, »in Deutschland sind Nahrungsmittel teuer, deshalb sollte nichts verschwendet werden, und der Hund ...«
»Gar nicht teuer«, wurde er unterbrochen. »Mama sagt immer, dass alle Lebensmittel viel zu billig sind, die Milch sowieso. Hier geht es aber nicht um die Milch, sondern um den Hund. Nanu, wo ist er?«
Rosa drehte sich im Kreis. Und konnte feststellen, dass der Boden blitzblank geleckt worden war. Sie hatten den Milchmann lange genug aufgehalten.

Als sie an den Tisch zurückkehrten, stand das Essen bereits dort. Nur der Saft fehlte. Joaquín spitzte die Ohren. Zahlreiche Geräusche waren zu hören. Musik aus einem Radio, die Nachrichten aus einem Fernsehgerät, jemand telefonierte in allernächster Nähe und zahlreiche Marktfrauen priesen ihre Waren an. Endlich hörte er das Geräusch eines Mixers. Er roch den Duft einer überreifen Papaya. Und weil er auch Melonen liebte, ärgerte er sich, dass er sich nicht für ein Papaya-Melonen-Mixgetränk entschieden hatte. Er ärgerte sich auch, dass er sich nicht einen Extrateller Tortillas bestellt hatte. Seine Schwestern hätten sich sicherlich darüber gefreut.
»Guten Appetit«, unterbrach das Gringomädchen seine Gedanken.

»Den habe ich. Einen mächtigen Hunger dazu. Warum darfst du hier keinen Saft trinken?«
»Weil die Gläser auf dem Markt schmutzig sind.«
Erstaunt betrachtete Joaquín das Getränk, das soeben vor ihm abgestellt worden war. Die goldfarbene Flüssigkeit schwappte über den Rand und lief am Glas herunter. Schmutz war keiner zu sehen. Und schon gar nicht zu schmecken. Joaquín leckte sich die Lippen. Ließ das Eis auf seiner Zunge zergehen. Ärgerte sich erneut, dass er so wenig bestellt hatte. Gajo pinto, Reis mit Bohnen, hätte auch gut zum Omelette gepasst. Sein Bauch aber lachte. Lachte und gluckste. Zehn Minuten später hatte Joaquín aufgegessen. Nur die beiden Brotscheiben versteckte er rasch in seiner Hosentasche.

Warum man Fremden nicht alles sagen kann

Rosa hatte es bemerkt. Natürlich. Keine Chance, diesen blauen Augen zu entgehen, stellte Joaquín fest. In diesen Augen wohnt nicht nur der Himmel, sondern auch die Neugierde.
»Hast du keinen Hunger mehr?«, fragte das Mädchen mit den Himmelsaugen.
»Doch.«
»Und was ist mit dem Brot in deiner Hosentasche?«

»Für meine Schwestern«, gab Joaquín zu.

»Willst du ihnen etwa zwei alte Toastscheiben schenken, die stundenlang da drin krümelig geworden sind?«

»Du meinst, es könnte sein, dass sie sich nicht freuen? Du meinst, süßer Kuchen in einem hübschen Geschenkkarton wäre ihnen lieber? Oder Schokolade? Tja, wie klug du bist. Tolle Idee. Wieso bin ich nicht auf diese Idee gekommen? Und warum stehen wird nicht auf und kaufen ...«

Er hatte den Gedanken noch nicht ausgesprochen, als Rosa sich erhob, die Hände in die Seiten stemmte und sich umblickte. Dann ging sie los und kaufte einem alten Mütterchen eine ganze Plastiktüte mit frischen Maiskuchen ab.

»Hier, für deine Schwestern«, sagte sie und wollte das wertvolle Geschenk auf den Tisch legen. Doch kaum hatte die Plastiktüte die Holzplatte berührt, zuckte der Arm zurück.

»Ich habe vergessen zu fragen, wie viele du hast. Wird das reichen?«

»Tja, also ...«, Joaquín zählte die Kuchenstücke. Dann sah er zur Decke hoch und tat so, als müsse er sich mühsam an die Zahl seiner Schwestern erinnern.

»Es sind schon recht viele«, begann er. »Und die Großmutter will bestimmt auch etwas abhaben und meine Mutter und ...« Dann aber lachte er und nickte zufrieden.

»Natürlich reicht das.«

Und weil Rosa ihn neugierig anschaute und weil er und

sein Bauch gute Laune hatten, begann er zu erzählten. Von Dolores, Gloria, Luz, Marimar und Nieves.

»**N**ieves ist erst ein halbes Jahr alt. Sie liebe ich am meisten. Alle meine Schwestern haben schwarze Haare und dunkle Augen. Nieves' Haut aber ist ganz hell. Heller als frischer Kakao. Eher rosig und zart, wie deine Haut. Ihre Haare sind dennoch schwarz. Schwarz wie das Gefieder eines Raben. Hast du sie beobachtet, die Raben? Und dir einen genau angeschaut, seine Augen, meine ich? Auch Nieves' Augen glühen, man kann damit ein Feuer entfachen.«
Rosa lachte ihn an und Joaquín grinste zufrieden zurück.
»Deine Augen hingegen scheinen eher zum Löschen gedacht zu sein«, fuhr er fort. »Aber sie sind trotzdem schön.«
Eine kleine Pause entstand, in der keiner von beiden sprach. Ein Junge kam an ihren Tisch und hob einen blauen Plastikeimer an, in dem Bonbons lagen.
»Caramelos«, pries der Junge seine Ware an, »süß und frisch. Aus Kokos und Zuckerrohr. Von meiner Mutter selbst hergestellt.«
Joaquín dachte an seine Freunde, die selbst mit Bonbons unterwegs waren, und bat: »Kaufst du ihm etwas ab. Sie sind nicht teuer.«
»Nicht mehr lange und mein Geld ist alle. Dafür musst du aber weitererzählen.«
»Was denn?«

»Jetzt kenne ich eine deiner Schwestern, was ist mit den anderen?«
»Die mag ich natürlich auch sehr gerne. Vor allem Dolores, denn sie ist diejenige, die Mama am meisten hilft. Sie ist sehr fleißig und sorgt dafür, dass neben der Küche immer Holz liegt.«
»Ich weiß schon, du magst fleißige Mädchen. Du bist echt altmodisch, aber erzähl weiter. He, was ist los, warum sagst du nichts mehr?«
»Macht es dir Spaß, mich zu unterbrechen«, fragte Joaquín und zog eine Schnute.
»Ich tu's nicht mehr«, versprach Rosa.
Also beschrieb Joaquín, wo seine Schwestern das Holz suchen mussten und wie schwierig es war, die langen Äste, von der Polizei unbemerkt, bis vors Haus zu ziehen.
»Dort liegt die Axt des Vaters. Dolores und die Axt können sich allerdings nicht leiden. Eines Tages hat sie sich schwer verletzt. Wir mussten sie verbinden, damit sie nicht verblutet. Damals war niemand in der Nähe, der sie zu einer Krankenstation hätte fahren können.«
»Warum machst du das nicht, die Arbeit mit der Axt?«, unterbrach Rosa ihn erneut.
Weil ich nur wenig Zeit habe, denn ich gehe schließlich arbeiten. Das wollte er sagen. Er sagte es nicht. Obwohl er stolz war, durfte er sich nicht verraten. Kinder sollten in die Schule gehen, das war bestimmt ihre Meinung. Die Meinung der Gringos. Und damit hatten sie recht. Doch die Wirklichkeit sah leider anders aus.

»Natürlich helfe ich Dolores«, ereiferte er sich. »Auch zum Wasserholen muss ich mitgehen. Sie schafft es nicht, den schweren Eimer hochzuheben. Wenn ich ihn ihr aber auf den Kopf stelle, trägt sie ihn heim. Dort muss sie dann wieder warten, bis ihr jemand beim Abladen hilft.«

»Was wollen deine Schwestern später einmal werden?« Joaquín staunte, wie leicht Rosa diese Frage über die Lippen kam. Und er war sehr froh, dass sie nicht nach seinen Vorstellungen gefragt hatte. Was sollte er sagen? Ohne Schulausbildung kann man rein gar nichts werden. Außer Räuber vielleicht. Er würde für immer Hilfsarbeiter bleiben. Seine Schwestern ebenfalls. Allerdings waren sie jünger. Möglicherweise durften sie zur Schule gehen. Für seine Schwestern war es nicht zu spät. Sie konnten lesen und schreiben lernen. Vielleicht bekamen sie dann eine Anstellung in einem Restaurant oder in einem Hotel.

»Sie haben noch Zeit, darüber nachzudenken.« Joaquín zuckte mit den Schultern. Er merkte, wie sein Lächeln verschwand und die gute Laune mitnahm.

Doch nur wenige Sekunden später hellte sich seine Miene wieder auf. Rosa hatte ihm angeboten, sich noch etwas zu bestellen. Als der nächste Teller vor ihm abgestellt wurde, machte er sich mit Appetit über einen Pancake mit Früchten her. Zuvor aber beträufelte er den fetten, dicken Pfannkuchen mit reichlich Sirup.

»Und was willst du werden?«

Joaquín verschluckte sich. Hustete. Wurde rot im Gesicht. Nun hatte sie doch gefragt. Nun hatte sie es doch geschafft, ihm das Essen zu verderben.

»Egal«, winkte er ab. »Ich kann alles. Ich kann hier auf dem Markt arbeiten. In der Stadt bekommt man immer eine Anstellung.«

Sie sah ihn mit zweifelndem Blick an. Das sah so komisch aus, dass Joaquín laut lachen musste. Kleine Fruchtstückchen flogen aus seinem Mund, landeten auf dem Holztisch. Er fegte sie mit dem Arm weg. Sowieso war Lachen eine gute Möglichkeit, um Rosa abzulenken. Denn auch sie lachte gerne. Und dabei öffnete sich ihr Mund und zwei Reihen wunderbar weißer Zähne wurden sichtbar. Blitzsauber waren diese Zähne. Ebenso wie die Kleidung, die Haare, die Schuhe. Einfach alles. Dieses Mädchen lebte in einem blitzsauberen Glück.

»**W**illst du nicht doch probieren?« Er bot ihr von dem herrlichen Obst an. Mango, Papaya, Ananas, Banane und Wassermelone. Doch sie schüttelte sich, als hätte er sie mit Rattengift vergiften wollen. Also aß er alleine. Bestimmt war sie dumm. Ganz schön komisch auf jeden Fall.

Worüber man mit Gringos streiten kann

»Du hast ja einen Riesenbauch. Warum schlingst du das Essen so hinunter? Jetzt bist du schwanger wie das Mädchen. Sag, wie alt bist du? Hast du schon einen Namen für dein Baby«, spottete Rosa. Natürlich war Joaquín sofort klar, dass sie diese Sätze bei ihm gestohlen hatte. Ganze Satzlawinen holte Rosa aus dem Gedächtnis und kippte sie vor sich auf den Tisch und in seine Ohren. »Was wird es wohl werden, was glaubst du, ein Mädchen oder ein Junge? Ein Junge wäre schön. Der ist stark und kann Geld verdienen. Ein Mädchen ist aber auch nicht schlecht, das kann dir bei der Hausarbeit helfen.«

»Ha, ha«, brummte Joaquín. Und dann erzählt er einfach die Wahrheit. Dass er seit gestern nichts mehr gegessen hatte und dass sie selbst schuld sei, wenn sie dieses gute Essen nicht anrührte.

»Im Restaurant kann es nicht besser sein«, erzählte er, obwohl er noch nie eine Zehe, schon gar keinen Fuß in ein echtes Restaurant gesetzt hatte. »Und die Gläser werden dort ganz bestimmt auch nur mit Wasser gespült. So wie hier.«

»Mein Vater weiß es aber besser«, beharrte sie auf ihrer Meinung. So dass Joaquín widersprechen musste. Das passte wiederum Rosa nicht. Und in weniger als einer Minute saßen sie sich wie Streithähne gegenüber.

»Wenn du deine Augen öffnen würdest, hättest du die

Fliege gesehen, die auf deinem Melonenschnitz saß. Wer weiß, wo sie vorher war«, trumpfte Rosa auf.
»Und durch eine Restaurantküchentür passt keine Fliege, oder was? Diese Tiere wollen auch leben.«
»Aber dort, wo ich bin, haben sie nichts zu suchen.«
»Dann musst du in einen Glaskäfig ziehen.«
»Ein Ventilator über dem Tisch würde reichen.« Sie zeigte an die Decke. »Aber hier tut sich nichts. Wahrscheinlich ist der Strom weg. Andauernd fällt er aus.«
»Bei euch in Deutschland wohl nicht.«
»Gar nie.«
»Ach, wer soll das denn glauben?«
»Glaub es oder lass es bleiben.«
Schließlich waren beide erschöpft und hielten den Mund.

Wie man sich wieder verträgt

So eine Markthalle muss man sich wie eine große Theaterbühne vorstellen. Immer gibt es etwas zu sehen. Ständig wechseln die Darsteller, während die Geräusche an das Brausen des Meeres erinnern. Ein stetiges Schmatzen der Wellen. Aber ab und zu wird es laut.
»Hier entlang. Platz, Leute, geht aus dem Weg!«
Ein Mann hatte sich eine Ziege über die Schulter geworfen, betrat die Markthalle und lief dicht an Rosa vorbei. Erschrocken rutschte sie zur Seite.

»Beiß mir nicht rein!«, gluckste der Mann.
»Ich esse kein Fleisch«, erklärte Rosa verwundert.
Ein zweiter, ein dritter Mann folgten. Die Köpfe der jungen Tiere baumelten leblos herunter. Ihre Augen waren weit aufgerissen. Rosa schüttelte sich wie nach einem Regenschauer. Dummes Huhn, dachte Joaquín und war froh, dass Rosa seine Gedanken nicht lesen konnte. Ich esse verdammt gerne Fleisch. Und ich kenne überhaupt niemanden, der ein gutes Stück Fleisch vom Teller schieben würde.
»Deinen Namen darfst du mir jetzt nicht länger verschweigen«, sagte Rosa unvermittelt.
Joaquín schaute auf.
»Den habe ich dir bereits genannt.«
»Mag sein, habe ihn eben vergessen. Aber wie alt du bist, hast du mir nicht verraten.«
»Weil du nicht gefragt hast.«
Joaquín fand es unglaublich. Da saßen sie bereits seit Stunden auf verschiedenen Stühlen nebeneinander und redeten über Gott und die Welt, und dennoch wussten sie kaum etwas voneinander. Rasch nannte er seinen Namen. Nur beim Alter zögerte er. Ihm war schon klar, dass er klein war.
Wenn ich ihr die Wahrheit sage, wird sie mir nicht glauben. Sie wird mich möglicherweise auslachen. Und wenn sie dann noch herausbekommt, dass ich nicht schreiben und lesen kann, wird sie nie mehr ein Wort mit mir wechseln. Ich muss lügen. Es geht nicht anders.

»Neun«, sagte er mit ernster Stimme. »Ich werde zehn.« Und damit sie nicht lange über diese Zahlen nachdenken konnte, drehte er den Spieß um, und befragte sie: Woher sie kam, wollte er wissen, und warum sie und ihr Vater Spanisch sprachen und, das war sogar besonders wichtig: »Wie lange bleibst du hier?«
»Wo?«
»Auf Ometepe.«
»So lange, bis mein Vater die Interviews beendet hat.«
»Die was?«
Sie musste es ihm erklären. Noch nie zuvor hatte er von wissenschaftlicher Arbeit gehört, von Befragungen, von Auswertungen und einer so genannten Doktorarbeit. Ganz schreckliche Wörter flogen ihm um die Ohren und fast hatte er das Gefühl, Rosa würde gar nicht Spanisch reden. Nur gut, dass sie einige Wörter tatsächlich nicht übersetzen konnte und sie deshalb umschreiben musste. Das war für sie mühsam, für ihn jedoch wenigstens etwas verständlich.
»Meine Mutter ist zwar Spanierin«, betonte Rosa, »aber über diese Dinge rede ich immer nur mit meinem Vater. Und ehrlich, ich weiß gar nicht, wofür er das alles braucht. Er hat schon einen Doktortitel. Aber er will noch einen Abschluss haben, ich meine, einen Titel. Das Gute an der Geschichte ist allerdings, dass ich schulfrei habe und er für die Interviews Geld bekommen hat. Deshalb sind wir hier.«
»Deine Mutter ist tot?«

»Quatsch, wie kommst du darauf? Meine Mutter ist in Deutschland. Sie muss arbeiten und wir machen Arbeitsurlaub.«

»Und deine Geschwister?«

»Ich habe keine.« Auch an dieser Stelle sah Rosa kein bisschen traurig aus.

Für Joaquín war das alles unfassbar. Noch keinen einzigen Tag war er ohne Mutter gewesen. Ohne Geschwister schon, denn er war der Älteste. Aber an diese Zeit konnte er sich nicht erinnern. Noch etwas ganz anderes beschäftigte ihn.

»Dein Vater stellt also Fragen und die Menschen antworten ihm, was sie wollen. Und dafür bekommt er Geld?«

»Ja, und die, die ihm antworten, bekommen auch Geld. Aber nicht sehr viel.«

»Dann will ich das auch machen. Wie nennt sich sein Beruf?«

»Mein Vater hat Philosophie und zuletzt Soziologie und Ethnologie studiert.«

Aber das waren wieder Wörter, mit denen Joaquín nichts anzufangen wusste, und deshalb beschloss er, dass auch wenig Geld nicht schlecht wäre.

»Würde dein Vater auch mich, wie nennt man das, dieses Wort mit i?«

»Interviewen?«

»Ja. Könnte er mich dafür bezahlen, dass ich mir gute Antworten überlege? Ich habe viele Antworten in mir. Jede Menge sogar, wenn ich es mir richtig überlege.«

»Das ist ja klasse für dich. Aber es geht trotzdem nicht. Er redet mit Erwachsenen. Er befragt Bauern und Landarbeiter.«
»Aber ich arbeitete als Landarbeiter, als Campesino. Was fragt er denn so?«
»Wie lange sie zur Schule gegangen sind. Und ob sie auf dem eigenen Land arbeiten. Und sowieso musst du doch zur Schule gehen. Es kann also gar nicht sein, dass du ein richtiger Campesino bist.«
Und das war leider die vorläufig letzte Aussage zu dem Thema, denn Rosa fiel ein, dass der Vater wartete und dass man ganz schnell wieder zurückkehren musste.

Wie man einen Vertrag vorbereitet

Auf dem Weg zur Krankenstation dachte Joaquín nach. So eine Chance durfte er sich nicht entgehen lassen. Da war ein Gringo, kein Amerikaner, aber einer aus Alemania, der Geld besaß. Es musste doch irgendwie möglich sein, ein bisschen was von diesem Geld in die Taschen seiner Familie zu zaubern. Joaquíns Hand hob die Tüte mit den Kuchenstücken an, die ihn weich und warm anguckten. Kuchen für die ganze Familie. Und das nicht nur an einem Tag.
Ein Plan musste her. Wie kann ich Rosas Vater davon überzeugen, dass die Antworten von Kindern ebenso wichtig sind wie die von Erwachsenen? Joaquín grübelte

und grübelte. Er tat das sehr konzentriert. So konzentriert, dass er nicht auf den Verkehr achtete. So konzentriert, dass er einen Fluch überhörte und einen Mann auf einem Fahrrad übersah. Zehn Kisten fielen um. Dazu der Mann, das Fahrrad und Joaquín. Den Kisten passierte nichts. Dem Mann und Joaquín auch nicht. Aber das Vorderrad des Unglücksfahrrads beschrieb eine Acht. Vielleicht war das Rad bereits vorher verbogen gewesen. Aber wer wollte das überprüfen?

Der Mann ließ sich auf keine Entschuldigung ein. Obwohl auch Rosa zu einem langatmigen *Es tut uns ganz schrecklich und außerordentlich – leid* ansetzte.

»Das kostet zweihundert«, unterbrach sie der Mann.

»Ich habe kein Geld«, beharrte Joaquín.

»Das ist nicht mein Problem. Leih dir was!«

»Geld leihen, von wem?« Joaquín schüttelte den Kopf. Doch den Mann beeindruckte das nicht. Wie ein Klappmesser streckte er sich. Wurde groß und noch ein bisschen größer. Sein Kinn wackelte. Und zeigte auf Rosa. Als wisse er alles. Als könne er in fremde Hosentaschen schauen. Tatsächlich holte Rosa ihren Fünfhunderterschein hervor.

»Können Sie wechseln?«, fragte sie. Ihre Stimme klang freundlich. Sie fand wohl, dass Joaquín Glück gehabt hatte.

»Zweihundert sind nicht viel für ein kaputtes Vorderrad«, flüsterte sie ihm zu. »Das sind nur etwa sechs Euro.«

Joaquín aber war verzweifelt. Zweihundert Cordoba wa-

ren schrecklich viel Geld. Und Schulden machen kam nicht in Frage. Er hatte davon gehört. Alle Welt machte Schulden. Der alte Pepe, wenn sein Pferd lahmte, seine Tante Gloria, wenn eines der fünf Kinder krank wurde, und auch seine Mutter hatte früher Geld leihen müssen. Damals, als der Vater starb. Schulden waren der Anfang vom Ende. Für jeden geliehenen Cordoba musste man zwei zurückgeben. So waren die Preise. Wie aber sollte er zweimal zweihundert zurückzahlen? Obwohl die Sonne hinter einer Wolke Verstecken spielte und ein leichter Wind für Abkühlung sorgte, brach Joaquín der Schweiß aus. Im Nu war sein schmutziges T-Shirt durchnässt. Noch während Rosa auf das Wechselgeld wartete, dachte er über eine Flucht nach. Ich werde weglaufen und niemand wird mich je finden.
Doch wer würde dann für die Mutter und die Geschwister sorgen? Nein, es musste eine andere Lösung geben. Und endlich erinnerte er sich daran, wie und warum es zu dem Unfall gekommen war. Er hatte nachgedacht. Und das war auch jetzt seine einzige Chance. Er war jetzt ein Schuldner. Und Rosas Vater war sein Geldgeber. Jetzt musste er es nur so drehen, dass bei dem Geschäft mehr als vierhundert für ihn heraussprangen. Ich muss einen guten Vertrag aushandeln. Joaquín hielt sich für schlau. Er wusste aber, dass die Weißen einen uneinholbaren Vorsprung besaßen. Weil sie viel wussten. Weil sie mehr Erfahrung besaßen. Man musste also schlauer als schlau sein, um sich gegen sie zu behaupten.

»Bist du in Ordnung?«, Rosas Stimme brachte ihn in die Wirklichkeit zurück. Der Fahrradfahrer war wieder im Verkehrsgetümmel untergetaucht und Joaquín wieder in der Lage zu sehen, zu riechen, zu hören. Ein kleiner LKW, eine Camisetta, fuhr vorbei, aus einem Lautsprecher dudelte Musik. Eine piepsige Stimme pries Plastiktische an. Nur noch sieben oder acht Schritte trennten sie vom gegenüberliegenden Gehweg. Joaquín musste schnell denken. Noch drei Schritte bis zur Tür. Ein Katzensprung. Treppe hoch. Jetzt standen sie bereits im Flur. Rosas Vater hatte sie entdeckt. Winkte ihnen zu. Joaquín drehte sich zur Seite. Und tat etwas, was er sich unter normalen Umständen nie getraut hätte, er legte seinen Arm um Rosas Schulter.
»Ich kann das Geld nicht annehmen. Und ich kann es auch nicht zurückzahlen. Du musst mir helfen. Du musst deinen Vater davon überzeugen, dass Kinder ebenso wichtig, wenn nicht sogar noch wichtiger sind als Erwachsene. Denn Kinder leben länger. Wie heißt es, ich habe es in einem Werbefilm gesehen, sie sind die Erwachsenen von morgen. Um die Kinder muss man sich kümmern und sie befragen. Vielleicht ist dein Vater sogar der Erste, der auf diesen schlauen Gedanken kommt. Das wäre gut für ihn. Ich zum Beispiel kann sehr schnell antworten. Viel schneller als Tio Pepe. Sag ihm das. Bitte.«
Müde lehnte Joaquín sich an den Türrahmen. Die lange Rede hatte ihn erschöpft. Möglicherweise hatte er doch zu viel gegessen. Ihm wurde schwarz vor Augen.

Wie man einen Vertrag schließt

Joaquín also schloss die Augen. Nicht absichtlich und auch nicht gerne. Man könnte sogar sagen, die Augen schlossen sich ohne sein Zutun. Zwischendurch hörte er die Stimme der Ärztin, er blinzelte, erwachte kurz und schlief wieder ein. Auch unterwegs schaute er auf, ahnte, dass er sich in einem Auto befand. Aber es war so gemütlich, dass er seinem Schlafbedürfnis nachgab. Von weit weg drangen Stimmen an sein Ohr.
»Wissen Sie, wo dieser Junge wohnt?«
»Ja, das ist Joaquín, fahren Sie bis ans Ende des Dorfes. Ja, dort, in die Richtung.«
»Und wo muss ich ...«
»Nein, biegen Sie nicht ab ... die Familie heißt Villa.«

Als er nach über eine Stunde zu sich kam, sah er über sich ein Palmdach. Er wusste sofort, um welches Palmdach es sich dabei handelte. Der dritte Sparren von rechts war geborsten. Genau dort hatte es beim letzten Gewitter hereingeregnet. Er selbst war vor ein paar Tagen aufs Dach geklettert, um eine Folie über die undichte Stelle zu legen. Auch der vertraute Geruch des Holzfeuers bestätigte ihm, dass er sich zu Hause befand. Allerdings lag er im Bett der Großmutter. Und neben ihm hing, in einer selbstgebastelten Hängematte, Nieves, die kleinste seiner Schwestern.
»Gut geschlafen?« Es war Rosas Stimme, die ihn zu necken versuchte. »Endlich. Ich habe nämlich langsam Hunger.«

Na und?, wollte er fragen. Er fragte nicht. Denn er hatte die zahllosen Augenpaare entdeckt. Der Raum war mit Menschen und Tieren angefüllt. Überall standen und hockten sie herum. Die Großmutter, seine Mutter, Rosas Vater und alle seine Geschwister. Selbst die Nachbarskinder und Hühner waren zu Besuch gekommen. Kein Wunder, dass das kleine Zimmer aus den Nähten zu platzen drohte.

Joaquín winkte mit der Hand, als wolle er lästige Fliegen verjagen. Und tatsächlich, die Nachbarskinder wichen zurück. Der Gringo schob seine Tochter beiseite, trat näher.

»Ich habe alles mit deiner Mutter besprochen. Morgen früh hole ich dich um sieben Uhr ab.«

»Ist das unser Vertrag?«, fragte Joaquín erstaunt.

»Nenn es Vertrag, wenn du willst. Wir fahren zur Hazienda von Don Alonso. Dort bekommst du ein Frühstück und beantwortest mir ein paar Fragen.«

»Mehr nicht? Bekomme ich kein Geld? Und können wir uns nicht vielleicht an einem anderen Ort treffen?«

Joaquín sah, wie ihm seine Mutter ein Zeichen machte. Er solle still sein, besagte ihr strenger Blick.

»Also, deine Mutter weiß Bescheid. Sie bekommt das Geld.«

»Wie viel?« Kaum ausgesprochen, kam Joaquín sich ziemlich unverschämt vor. Hatten die Fremden ihn nicht verarzten lassen? Hatten sie nicht für sein Essen und das kaputte Fahrrad bezahlt? Und ihn wieder heimgefahren? Lautes Lachen erklang. Dazwischen das Stöhnen der

Mutter. Kichernd liefen Joaquíns Geschwister und die Nachbarskinder hinaus.

Joaquín wollte nicht frech sein. Aber der Preis war schon wichtig. Und er ärgerte sich gewaltig, dass er während den Verhandlungen nicht wach gewesen war. Seiner gutmütigen Mutter war zuzutrauen, dass sie ihn für ein Frühstück »vermietet« hatte. Schließlich wusste sie nichts von seinen Schulden. Rasch fügte er hinzu. »Wird es wenigstens für die Schulden reichen?«

»Was für Schulden? Von Schulden weiß ich nichts.« Rosas Vater schüttelte den blonden Haarschopf. Drehte sein Handgelenk um und sah auf die Uhr.

»So, wir müssen weiterfahren. Doña Alonso wartet mit dem Essen auf uns. Und mach dir keine Sorgen. Deine Mutter wird für jeden Tag, an dem sie dich zu mir schickt, zweihundert Cordoba bekommen.«

Dann werde ich so lange wie möglich kommen. Joaquíns Gesicht entspannte sich. Da war nur noch ein Wermutstropfen. Niemand aus seiner Familie, so hatten sie sich geschworen, würde je für Don Alonso arbeiten. Selbst wenn es ihnen noch so schlecht ging. Denn Don Alonso war der Teufel. Er war sogar noch schlimmer, der Teufel des Teufels. Er war …

Halt!, unterbrach Joaquín seine wirren Gedanken. Ich arbeite nicht für Don Alonso, sondern für diesen Gringo. Und wenn ich Glück habe, laufe ich dem Fuchs nicht über den Weg. Was aber, wenn doch? Muss ich ihn dann grüßen?

Rosas Vater schien bemerkt zu haben, dass ihn etwas quälte.
»Was hast du?«
»Nichts. Aber der Ort schmeckt mir nicht. Wir könnten uns am Strand treffen. Zum Beispiel. Es ist wegen Don Alonso. Zwischen seiner und meiner Familie besteht eine offene Rechnung. Aber Sie haben damit nichts zu tun.«
»Okay, von mir aus setzen wir uns an den Strand. Wenn du auf ein gutes Frühstück verzichten willst.«
»Verzichten?«, Joaquín verschluckte sich. »Das wäre ja dumm. Können Sie das Frühstück nicht mitbringen? In einem Korb, vielleicht. Das nennt man picknicken.«
»Hast du sonst noch Wünsche?«
»Also geht es nicht«, stellte Joaquín fest. Die hochgezogenen Augenbrauen seines neuen Patrons zeigten ihm deutlich, dass er eine Grenze überschritten hatte.
Unter diesen Umständen war es vernünftiger, die Zähne zusammenzubeißen, entschied er. Augenblicklich nahm er sich vor, dem Glück einen Platz anzubieten, statt es durch zu viele Forderungen zu vertreiben. Seine Mundwinkel wanderten nach oben. Er wollte sich freuen. Es war wünschenswert, dass die Befragung an mehreren Tagen stattfand. Egal wo.
»Vielen Dank«, sagte er und setzte sich im Bett auf. »Sie müssen mich übrigens nicht abholen. Ich kenne den Weg zur Finca.«
»Aber das ist über eine Stunde Fußmarsch. Und du bist verletzt.«

»Keine Sorge. Morgen bin ich wieder gesund.«
Erst jetzt bemerkte Joaquín, dass Rosa bereits hinausgeeilt war. Warum? Warum hatte sie ihm zum Abschied nicht einmal die Hand gereicht? Joaquíns Magen krampfte sich zusammen. Rasch stand er auf, merkte aber, dass ihm schwindlig wurde. Egal, er musste dem deutschen Mädchen mit den sonnengelben Haaren wenigstens winken. Und ihr zurufen, dass er ihr sehr dankbar war und sich freuen würde, wenn ...
Aber bis er sich die Verandastufen hinuntergehangelt hatte, waren die Gringos längst eingestiegen. Rosa saß vorne. Er konnte nur ihr Profil sehen. Obwohl sie sich nicht umdrehte, winkte er ihr zu. Sein Herz weinte. Wie war das möglich? Er kannte sie doch kaum. Der Motor wurde gestartet und der Wagen hüpfte wie ein schwerfälliger Geier über den unebenen Untergrund davon. Noch nie war ein Auto bis vor die Tür der Familie Villa gefahren. Lach, mein Herz, sprach Joaquín sich Mut zu. Die Nachbarskinder werden dieses kleine Wunder im Dorf herumerzählen. Das Ansehen meiner Familie wird ungeheuer steigen. Joaquíns Mundwinkel wanderten nach oben. Und wieder zurück. Denn diese Gringos waren nicht zu verstehen. Warum hat Rosa sich nicht von mir verabschiedet? Kann es sein, dass sie mitbekommen hat, dass weder ich noch meine Geschwister zur Schule gehen? Oder ist es möglich, dass sie sich vor dem Haus der Großmutter ekelt? So wie sie sich auf dem Markt vor den Gläsern geekelt hat. Joaquín stand nachdenklich auf dem

Vorplatz. Ein muffiger Geruch stieg ihm in die Nase. Er schnupperte und stellte fest, dass der Geruch von ihm stammte. Seine Kleidung roch säuerlich. Ein bisschen Wasser konnte nicht schaden. Hoffentlich hat jemand den Eimer aufgefüllt. Ich kann heute nicht bis zum See laufen. Humpelnd kehrte Joaquín zum Haus zurück.

Warum ein kleines Haus viele Fragen aufwirft

Als würde er sein Zuhause zum ersten Mal sehen, betrachtete Joaquín jedes Detail. Schatten griffen nach dem Mauerwerk, ließen die Wände dunkel erscheinen. Nur das Palmblätterdach wurde noch in gelbes Licht getaucht und glänzte golden.
»Sitzt reichlich krumm da oben«, murmelte Joaquín. »Eine schief aufgesetzte Mütze. Wenn der Wind heftig bläst, wird das Dach herabrutschen.«
Ihm war das bislang nicht aufgefallen. Alle Häuser und Dächer der Nachbarschaft sahen ähnlich ärmlich aus. Neigten sich nach einigen Jahren. Die meisten Dächer waren von Anfang an nicht dicht. Dieses Haus gehörte der Großmutter, doch die Mutter war jetzt diejenige, die entschied, was im Haus und Hof zu tun war. So klein das Haus auch war, der Hof war groß und bot der Familie und ihren Tieren genügend Platz. Vierzig Schritte ging

man vom Steinweg bis zum Eingang. Ein Hahn und zehn Hennen mit ihren Küken liefen frei herum und pickten zwischen den Sträuchern nach Käfern und Fruchtresten. Aber auch nach Steinchen, die ihnen bei der Verdauung halfen. Zudem besaß seine Familie zwei Schweine: eine Muttersau und ein weibliches Ferkel. Die anderen Ferkel waren verkauft worden, nachdem sie groß genug gewesen waren. Vom Erlös hatte die Mutter Reis und Bohnen gekauft. Und für Joaquín ein paar Schuhe. Seine Schwestern mussten barfuß laufen. Die Schweine durften überallhin. Sogar ins Haus. Hatte Rosa sich vielleicht daran gestört? Joaquín wusste, dass Tiere Krankheiten übertragen können. Er hatte die Plakate gesehen, die vor Cholera warnten. Mindestens drei waren im Dorf aufgehängt worden. Schweine sollten nicht ins Haus, hatte auch der Pfarrer erzählt. Aber seiner Mutter und der Großmutter war das egal. Die Tiere und ein Feld, oben am Hang des Vulkans, waren ihr einziger Reichtum.

Noch nie war Joaquín wütend auf eines der Schweine gewesen. Doch heute war alles anders. Als er an den Stufen ankam, versetzte er der Muttersau einen Fußtritt, schob sie zurück in den Garten.

Oder hatte Rosa vielleicht das Haus missfallen? Bestimmt hatte sie gesehen, dass sie nur vier Betten besaßen, obwohl sie doch zu sechst waren. Nieves nicht mitgerechnet. Auch die Tatsache, dass sie keinen Strom und kein fließendes Wasser besaßen, konnte ihr nicht entgangen sein. Vielleicht musste sie aufs Klo und hatte festgestellt, dass es keines gab. Mit seinem schönen neuen Verband humpelte Joaquín die Verandastufen hoch. Er hielt sich am Pfosten fest. Die Farbe, die vor vielen Jahren aufgebracht worden war, die Farbe, die das Holz schützen, aber auch verschönern sollte, war längst abgeblättert. Von den Ziegelmauern konnte nichts abblättern. Sie waren weder verputzt noch angestrichen.

»Abuela, wer hat unser Haus gebaut?«, wollte Joaquín wissen und ließ sich auf der obersten Stufe nieder, so dass er zu der Großmutter aufschauen musste.

»Dein Großvater. Du hast ihn nie kennengelernt, schade. Er hätte dir viel zeigen können.«

»Auch, wie man Mörtel anrührt. Auch, wie man ein Haus verputzt? Warum ist unser Haus nicht angestrichen?« Solche Fragen hatte er noch nie gestellt. Und schon gar nicht in diesem Ton.

Die Großmutter merkte es, kam näher, bückte sich, lächelte.

»Bist du wirklich nur auf dein Knie gefallen, mein Junge?«

»Nenn mich nicht immer Junge. Ich bin bald erwachsen. Ich habe doch nur ein paar Fragen gestellt.«

»Und du hast dem Mann aus Alemania erzählt, dass du neun Jahre alt bist. Warum hast du gelogen? Das musst du nicht. Und du musst dich auch nicht für dein Zuhause schämen. Hörst du? Gott hat einen Plan gemacht. Daran glaube ich, auch wenn ich ihn nicht verstehe, seinen tollen Plan. Er hat bestimmt, dass du und ich in einem kleinen Haus wohnen.«

»Stimmt nicht. Ich habe ihm gar nichts erzählt. Was ist jetzt mit der Farbe?«

»Viel zu teuer, das kannst du dir doch denken. Dein Großvater hat sich lieber ein Pferd gekauft. Damit konnte er reiten, dorthin, wo wir unser Grundstück haben. Er konnte dadurch schneller und besser arbeiten. Das Pferd hat ihm geholfen. Es hat Wasser transportiert und die Säcke getragen. Ein Pferd ist ein Geschenk.«

»Und warum haben wir jetzt keins mehr?«

»Weil Pferde alt werden, wie jedes kleine Kind weiß. Am Schluss kosten sie nur noch Geld. Wenn man sie nicht rechtzeitig verkauft, machen sie einen arm. Mich müsst ihr auch bald verkaufen. Ich tauge für keine Arbeit mehr.«

Warum Mütter und Schwestern einen auslachen dürfen

»**A**buelita, Großmütterchen, so sollst du nicht reden«, schimpfte die Mutter. Sie war aus der Küche getreten, einem kleinen Anbau. Das Haus bestand aus zwei Zimmern und bot keinen Platz für eine Küche. Daher war sie nachträglich angefügt worden. Weil nur noch wenige Ziegelsteine vorhanden gewesen waren, hatte man Holzbretter und Holzpfosten verwendet. Mehr als einmal waren Funken vom Herd auf die Bretterwände übergesprungen. Der Wind, der das Ganze für ein Spiel hielt,

blies kräftig durch die Ritzen und schürte zusätzlich das Feuer. Immer war jemand da gewesen, um das Feuer rechtzeitig zu entdecken und zu löschen. Dennoch hatte die Mutter jedes Mal lange geweint und geschimpft. Eine Küche muss gemauert sein. Aber was half es, für Steine fehlte das nötige Geld.
»Hilfst du mir?« Die Mutter winkte ihren Ältesten heran. »Das Essen ist fertig. Aber du musst noch ein paar Kokosnüsse spalten.«
Joaquín griff sich an den Hosenbund. Die Kuchenstücke waren ihm eingefallen.
»Sie sind weg«, jammerte er.
»Was denn?«
»Der Kuchen, die Toastscheiben.«
Die Mutter beruhigte ihn. Sie hatte sie an sich genommen.

Eine halbe Stunde später saßen alle auf der Veranda. Die Geschwister waren heimgekehrt. Dolores, Gloria, Luz und Marimar. Nieves war bereits gestillt und frisch gewickelt worden und lag zufrieden in der Hängematte. Sie war die Anspruchsloseste von allen. Als würde sie spüren, dass Mutter und Großmutter keine Kraft mehr hatten, lag sie stundenlang ruhig und zufrieden in ihrer Hängematte. Die eigentlich keine Hängematte war, sondern ein alter Regenumhang, der mit zwei Kordeln versehen und an die Decke gehängt worden war. Wenn Nieves wirklich nicht mehr still sein wollte und selbst mit etwas Brei oder Kokosmilch nicht zufriedengestellt

werden konnte, dann musste Dolores sie hüten und herumschleppen. Sie war das älteste und kräftigste der Mädchen. Sie war neun Jahre alt.
»Ich bin neun Jahre alt«, sagte Dolores prompt. »Was wirst du dem Mann erzählen, wenn er dich morgen nach dem Alter deiner Schwestern fragt?«
»Warum sollte er das tun? Und wenn er es unbedingt wissen will, wird mir etwas Passendes einfallen. Lass das meine Sorge sein.«
»Du kannst ihm ja weiszumachen versuchen, dass wir Zwillinge sind«, schlug Dolores vor. Und die anderen Mädchen begannen laut zu lachen. Auch die Mutter und die Großmutter bekundeten Applaus.
»Tolle Idee. Bravo, Dolores.«
»Lacht ihr mich aus?«
»Aber nein, mein Sohn.« Die Mutter hielt sich die Hand vor den Mund, kicherte leise.
»Kein bisschen. Du bist heute unser König. Über Könige lacht man nicht. Nun erzähl endlich, was du in der Stadt erlebt hast. Wir wissen ja nur, dass du bei einer Ärztin warst und dass sie dich drei Jahre jünger gemacht hat.«
Wieder lachten alle und die Großmutter stand sogar auf, klopfte sich auf die Brust und rief:
»Zu dieser Ärztin will ich auch gehen. Sie soll mich verjüngen. Am besten gleich drei Jahrzehnte. Auch wenn das lange dauern wird, wenn sie nur drei Tage pro Sitzung schafft. Na, wie lange muss ich da zu ihr gehen, wer kann mir diese Frage beantworten?«

Doch niemand kam zu Wort, denn das Lachen wurde immer lauter und dann fingen auch die Hunde an zu bellen, auch die Nachbarshunde und die Schweine grunzten und bald war so ein Theater rund ums Haus, dass ein Gespräch nicht mehr möglich war. Die Stimmung aber war ausgezeichnet.

Die Veranda wackelte. So dass auch der Tisch zu wackeln begann. Und auf dem Tisch das Essen. Bald schon konnte Joaquín dem Lachen nicht mehr widerstehen, er stimmte mit ein. Es gab zwei Schaukelstühle. In einem durfte die Großmutter sitzen, im anderen Joaquín. Weil er verletzt war. Heute Nacht würde er auch ein ganzes Bett für sich alleine bekommen. Die Mutter hatte es versprochen. Die Tortillas, die Kochbananen, die Bohnen und der Reis schmeckten köstlich. Joaquín schämte sich allerdings, weil er nicht erzählt hatte, dass er bereits in der Stadt eingeladen worden war. Und dabei sogar viel Geld ausgegeben hatte. Mehr, als die Mutter benötigte, um die ganze Familie zwei bis drei Tage lang satt zu bekommen. Doch dann tröstete er sich damit, dass er viel zu erzählen hatte. Und dass alle über ihn lachen durften. Und war lachen nicht fast so schön wie essen?

Wie das Leben immer
neue Überraschungen bereithält

Am nächsten Morgen.
Kies spritzte hoch, schlug gegen Blech, es knirschte. Der schwarze Jeep der Gringos hüpfte über die Zufahrt der Familie Villa. Hüpfte rückwärts. Das war nicht vereinbart worden. Joaquín hatte sich gerade die Schuhe zugeschnürt, den Verband enger verknotet. Er wollte los. Auch die Großmutter schaute fragend, als die Beifahrertür aufflog. Etwas Blondes stieg aus. Als Joaquín sich von der obersten Treppenstufe erhob, fuhr der Wagen wieder an. Und ein Mädchen blieb zurück.
»Rosa«, sagte Joaquín.
»Rosa?«, fragte die Großmutter. Dann ging sie, ohne auf eine Antwort zu warten, zurück zu den Hühnern.
»Guten Morgen.« Rosa sah rosa und ausgeschlafen aus. Dabei war es früh. Die Sonne stand tief, kitzelte die Krone des schmächtigen Papayabaums. Es würde ein warmer Tag werden. Die Hühner schliefen noch, mussten von der Großmutter mit lockendem »Put, put« aus dem kleinen Stall geholt werden.
»Holst du mich ab?«, wollte Joaquín wissen.
»Nein.«
»Was willst du dann hier?«
»Fragen, wie du geschlafen hast.« Sie lachte. Kein Wort konnte man ihr glauben. Sie war so eine, eine, die gerne Witze machte. Aber machte sie sich auch über ihn lustig?

Seine Unsicherheit schien sie bemerkt zu haben, denn näher kommend fügte sie hinzu: »Papa hat keine Zeit für uns. Für dich nicht, für mich nicht. Er hat gesagt, ich soll dich zum Frühstück einladen. Nur heute. Und wir sollen uns einen schönen Tag am Strand machen, einen *día playivo*.«

Ihr Blick fiel auf sein Knie. Und den Verband.

»Mist«, sagte sie. »Das habe ich vergessen, du kannst ja gar nicht ins Wasser. Dann eben nur Strandtag.« Sie wusste also, dass er nicht zur Schule ging.

Strandtag. Joaquín hörte das Wort. Aber was sollte es bedeuten? Meinte sie, einen ganzen Tag am Strand sitzen und picknicken? Das klang schön und erschreckend zugleich. Denn ans Meer ging man, um Fische zu fangen. Oder um nach einem Sturm Treibholz zu sammeln oder um Fußball zu spielen. Aber ein *día playivo*? Rosa hatte ein neues Wort erfunden. Und was war mit seiner Bezahlung? Natürlich traute er sich nicht zu fragen. Er dachte nur: Wir müssen hier weg. Ich gehe jetzt mit dem Mädchen weg und lasse mich zum Essen einladen. Das hat gestern gut geklappt. Über die Details mache ich mir später Gedanken. Später, das wird nach dem Frühstück sein, dann muss ich entscheiden, ob ich mich nicht nach einer anderen Arbeit umsehe.

Rosa trug eine Jeans und eine helle Bluse, an den Füßen Turnschuhe. Ihre blonden Haare waren zu einem Pferdeschwanz zusammengefasst, der bei jeder Bewegung fröhlich nach rechts und links ausschlug. Joaquín hatte ebenfalls Jeans an und auch sein T-Shirt war hell, von der Sonne verblichen. Die Turnschuhe waren von der Großmutter gewaschen worden, so dass das Leder leicht glänzte. Wir könnten Geschwister sein, wäre die Haarfarbe nicht und meine dunkle Hautfarbe. Joaquín nahm den Unterschied sehr bewusst wahr, als sie den Garten verließen und die Straße überquerten, um ins *El Paradiso* einzutreten.

Ein Restaurant von innen. Sieben Tische, an jedem Tisch vier Stühle. Auf jedem Tisch ein Tuch aus weißer Baumwolle. Und ein Hund, der diese Pracht bewachte. Gut zwanzig Gäste bevölkerten den Raum, sie unterhielten sich über die Tische hinweg in Englisch. Es war klar, dass sie zu einer größeren Gruppe gehörten. Bereits auf der Schwelle zum Restaurant waren Joaquín Amerikaner aufgefallen, die zu einem Bus drängten. Obwohl er normalerweise mit den Gringos nichts zu tun hatte, konnte er sie doch unterscheiden. Die Europäer von den Amerikanern. Denn die Amerikaner waren lauter und bunter. Der bunte Haufen ließ Joaquín zusammenzucken. Er ahnte instinktiv, dass er und Rosa hier nicht willkommen waren. Egal, wie gut das Frühstück war, sie durften nicht bleiben. Auch weil es zu teuer war. Es konnte nur teuer sein. Der Klimaanlage wegen, der Tischdecken wegen, des wohlgenährten Hundes und der Touristen wegen.

Joaquín suchte Rosas Blick einzufangen, doch sie schaute an ihm vorbei und steuerte einen der freien Tische an. Blumenampeln hingen von der Decke herab, verdeckten den Blick durch die Fenster. Joaquín sah sie aber doch, die Futterschalen, die in unmittelbarer Fensternähe angebracht worden waren, um Schmetterlinge, Kolibris und Zwergpapageien anzulocken. Gerade saß dort ein Stärling, ein Singvogel, der hastig auf eine Melonenschale einhackte. Mehrmals hatte Joaquín beobachten können, wie verrückt sich Touristen gebärdeten, sobald sie frei lebende Tiere zu Gesicht bekamen.

»Habt ihr in Deutschland keine Vögel?«, fragte er daher. Gerade in dem Augenblick kam ein Kellner auf sie zugeeilt. Graues Hemd, graue Hose, dunkle Haar- und Hautfarbe. Joaquín hatte ihn noch nie zuvor gesehen.

»Was wollt ihr?«

Die Kellnerstimme war alles andere als freundlich. Und was die Stimme nicht leisten konnte, zeigte der Gesichtsausdruck. Tiefe Furchen hatten sich über der Nasenwurzel gebildet. In ihnen wucherte die Verachtung wie Unkraut in einem Straßengraben.

»Lass uns gehen«, bat Joaquín, noch bevor seine Freundin antworten konnte. Mit dem Ellenbogen stieß er sie leicht an. »Es gibt noch andere Lokale.«

Aber Rosa schien sie nicht gehört zu haben, den Kellner nicht, Joaquín nicht. Ohne abzubremsen, ging sie weiter.

»Hab ich nicht gesagt, ihr sollt stehen bleiben? Alle Tische sind reserviert.«

»Nein, das haben Sie nicht gesagt.« Nun drehte Rosa sich doch um. Und auch ihr Gesicht zeigte Zornesfalten. Zornesfalte traf auf Zornesfalte und Stimmen rasselten wie Säbel.
»Dann sage ich es jetzt.«
»Zu spät, wir wollen frühstücken.« Und schon hatte sie den Tisch erreicht, setzte sich auf den nächstgelegenen Stuhl. Zu dem Schwarz der Haare und dem Grau des Kellnerhemdes gesellte sich augenblicklich eine violette Hauttönung. Der Kellner schwitzte, stieß Rauchschwaden aus. Ein Vulkan. Nein, keine Lava trat aus, aber eine Hand schnellte nach vorne und der Mann fasste nach Joaquíns Arm, drehte seinen Oberkörper herum, mustert ihn, wie man einen räudigen Hund mustert, und wies mit der freien Hand zur Tür.
»Raus hier, ihr schmutzigen Vagabunden.«

Tja, das war's. Mit schmutzig waren Joaquíns schwarze Haare gemeint, mit schmutzig war seine dunkle Hautfarbe gemeint. Und obwohl Rosa protestierte und drohte, sie würde mit ihrem Vater wiederkommen, siegte die Ungerechtigkeit. Joaquín hatte sowieso keine Lust, sich im *El Paradiso* niederzulassen. Keinen Cent wollte er diesem Lokal überlassen.
»Wir suchen uns ein echtes Paradies«, schlug er vor, »vorher gehen wir in den Supermarkt, kaufen Brot und Gemüse und setzen uns an den Strand.«

Wie ein Paradies
erschüttert werden kann

Von dem Geld, das wir gespart haben, dachte Joaquín wenig später, könnte ich meine Schulden bezahlen. Von dem Geld könnte meine Familie eine halbe Woche lang leben. Nur, dass ich das gesparte Geld nicht einfordern kann. Wieder hatte Rosa einen Fünfhunderterschein aus ihrer Hosentasche gezaubert und der Kassiererin im Laden hingehalten. Das Wechselgeld steckte nun in der Brusttasche ihrer Bluse. Wie nachlässig, dachte Joaquín, der Rosa dabei zusah, wie sie die Bluse auszog, um sich draufzusetzen. Sie hatte jetzt nur ein Bikinioberteil an. Auch Joaquín zog sein T-Shirt aus.
»Es ist frisch gewaschen. Wir können das Essen darauf ausbreiten.«
Brot, Papaya, Käse, Tomaten und eine Tüte mit Ananassaft, er packte alles aus, freute sich über den appetitlichen Anblick. Dann erst sah er sich um. Sie waren nicht die ersten Strandbesucher, einzelne Jogger liefen den Uferbereich ab, Wasservögel gab es natürlich auch. Keine Einheimischen. Doch kaum hatten sie mit der Mahlzeit begonnen, kaum hatten sie sich warmgeredet, tauchte ein Junge am Wasser auf, dann noch einer. Pablo und José. Beide verschwanden und kurze Zeit später standen da vier Halbwüchsige, die sich die Augen aus dem Kopf starrten. Joaquíns Freunde. Oh, wie er ihre Blicke genoss. Und vergessen waren alle Gedanken an das Wechselgeld

und an die Zeit, die er hier verplemperte, statt der Mutter zu helfen oder sich nach einer Arbeit umzuschauen.

Nein, es war nicht das Brot und nicht der Käse und auch nicht der Saft, die ihn restlos begeisterten, sondern der sichtbare Neid seiner Freunde.

»Guten Morgen«, rief er ihnen zu und gleich darauf: »Gafft nicht so. Habt ihr nichts zu tun? Habt ihr keine Arbeit? Schaut, Tio Pepe fährt mit dem Boot raus. Warum geht ihr nicht angeln?«

»Das Wetter«, rief Pablo zurück und zeigte zum Himmel.

Tatsächlich. Die Sonne, eben noch die Königin am Himmel, hatte sich vertreiben lassen. Blass blinzelte sie hinter Wolken hervor. War die Verliererin in einem ungleichen Kampf. Der Wind blähte sich auf, fing mit einem langen Lasso immer wieder neue Wolken ein, türmte sie übereinander und gab auch nicht auf, als der Himmel sich längst verdunkelt hatte. Jogger drehten um und rannten rasch zu ihren Hotels zurück.

»Das sieht gefährlich aus«, gab Joaquín zu bedenken und beeilte sich, seine Papayahälfte auszulöffeln.

»Angsthase.« Rosa lachte ihn aus. Sie winkte seinen Freunden zu, winkte mit dem Brot, das wie ein schlaffes Gummirohr in ihrer Hand wippte. Das gefiel Joaquín ganz und gar nicht. Noch bevor seine Freunde sich trauten, sprang er auf, lief ihnen entgegen, wollte sie zurückdrängen. Doch da wurde sein Blick auf einen winzigen Punkt im Wasser gelenkt.

Wenn man nicht weiß, dass der Nicaraguasee ein See ist, kann man ihn leicht für ein Meer halten. So groß ist er, so hoch schlagen die Wellen, wenn sie vom Wind aufgepeitscht werden.

Bereits als Kleinkinder hatten Joaquín und seine Freunde gelernt, die Launen des Sees zu respektieren. Wenn er in Sturmlaune ist, dann geht man ihm am besten aus dem Weg. Im Wasser schwamm jemand, der diese Warnung nicht gehört oder nicht ernst genommen hatte. Joaquín schaute genauer hin. Und war sich dann ganz sicher. Ein Junge oder junger Mann versuchte den See zu überlisten. Das war kein Spiel. Sein Versuch glich einer großen Dummheit und es schien zudem absolut sinnlos.

Der Kerl versuchte eine Luftmatratze einzufangen, die in den Besitzstand des Windes übergegangen war. Doch wenn der Wind sich erst einmal ein Spielzeug ausgesucht hat, dann gibt er es so schnell nicht mehr her. Das kann man sich doch denken. Bestimmt ist das ein Gringo, vermutete Joaquín und begann laut zu rufen.

»Vuelve! Zurückkommen!«, rief er.

Die Freunde schauten erstaunt, drehen sich um und erkannten sofort die Gefahr.

Hu und Mist und Verdammt, zischten sie, wer ist das, was soll das?

Immer wieder verschluckten die Wellen den Haarschopf des Schwimmers. Und ebenso oft verschwand auch die Sicht auf die Luftmatratze, wenngleich sie Saltos schlug und sich im Segelfliegen übte.

»Zurückkommen!«, schrien nun alle durcheinander. Joaquín und seine Freunde auf Spanisch, Rosa, die herbeigeeilt war, in Englisch und auf Deutsch. Und ganz bestimmt meinten sie nicht die Luftmatratze.

Wie Joaquín über sich hinauswächst

»**W**o ist denn Pepe mit seinem Boot?«, wollte Joaquín wissen und dachte gleichzeitig: Mit einem Boot wäre es ein Leichtes, den Idioten zu retten. Aber zu ihm hinausschwimmen werde ich nicht. Denn selbst wenn ich jetzt losschwimme und wenn ich noch so gut und schnell bin, ich kann diesen Dummkopf unmöglich einholen. Unmöglich. Bei den Wellen. Und bald wird der Regen einsetzen und alles noch viel schlimmer machen.
»Pepe!«, schrien nun die Jungs. Doch Pepe war ein erfahrener Fischer. Bestimmt war er längst an den Strand zurückgekehrt, hatte sein Boot und sich selbst in Sicherheit gebracht.

Es hilft nichts. Ich muss los. Wenn nicht jetzt, dann nie mehr. Je länger ich warte, desto schwieriger wird es. Was aber, wenn ich umkomme? Bin ich nicht gestern bereits dem Tode von der Schippe gesprungen? Das darf ich meiner Familie nicht antun. Und noch während Joaquín durch sein Gedankengeflecht stolperte, merkte er, wie seine Hände die Jeans öffneten, wie er die Jeans auszog, sie im hohen Bogen in den Sand warf, wie er ins Wasser hastete, eintauchte und dem dümmsten aller Dummen entgegenschwamm.

Wer an einem See wohnt, sollte schwimmen können. Tatsache aber war, dass weder Pablo noch José noch Carlos und auch der hochgeschossene Julio mitnichten Schwimmkünstler waren. Sie hatten diese Kunst nie richtig erlernt. Ihre Mütter und Väter konnten ebenfalls nicht schwimmen, und selbst wenn, dann hatten sie keine Zeit gehabt, um mit ihren Kindern zu üben. Joaquín aber hatte Tio Pepe von klein auf helfen dürfen. Erst beim Reparieren der Netze, dann beim Reparieren des Bootes und schließlich hatte Pepe ihn auch ein paarmal zum Fischen mitgenommen.

»Damit du mir nicht ersäufst wie eine junge Katze, wird jetzt trainiert«, hatte er gesagt und sich eine Woche lang mit seinem jungen Helfer am Strand verabredet, um gemeinsam hinauszufahren. In fünfhundert Meter Entfernung schließlich hatte er Joaquín aus dem Boot geworfen und ihm befohlen, an Land zurückzuschwimmen. War das Wetter schlecht, jauchzte der Alte.

»Jawohl, das nenne ich eine rechte Herausforderung. Gut so, mein Söhnchen, kämpfe gegen die Wellen an, schluck Wasser, es läuft ja doch wieder raus, wirst sehen. Und wenn nicht, der Mensch ist zum großen Teil aus Wasser gemacht. Das hier ist unser wahres Element. Nein, nicht aufgeben, schwimm, mein Kleiner, nicht nachlassen, nicht untergehen, halt, was machst du, wo bist du …? Joaquín?«

Nicht immer, aber ab und zu, vor allem am Anfang, hatte er Joaquín regelrecht retten und am Haarschopf aus den Fluten ziehen müssen.

Das war schrecklich gewesen, erinnerte sich Joaquín. Aber vielleicht bin ich jetzt geübt genug, um diesen Wahnsinnigen aus dem Wasser zu holen. Ob das eine Freude für ihn sein wird, muss sich erst noch herausstellen. Denn wenn ich diesen Kerl erwische, dann reiße ich ihm büschelweise die Haare aus, diesem Idioten, diesem Dummkopf. Wasser schlucke ich für dich, und wenn du mir anschließend nicht ein ganzes, nagelneues Brot kaufst, dann kannst du was erleben. Die Wut verfing sich in seinem Körper, machte ihn aber nicht schwer, sondern leicht, so dass er viel schneller als erhofft vorwärtskam. Und nun sah er auch über die Wellenkämme hinweg, dass der Dumme nicht mehr weiter hinausschwamm, nichts mehr retten wollte außer seiner eigenen Haut. Und wenngleich das seinen, Joaquíns Triumph auch abzumildern drohte, so freute es ihn doch. Rufen konnte er nicht, denn sein Mund war voll Wasser, doch er winkte mit den Armen, atmete dabei heftig ein und aus. Sein Herz pochte wie ein Traktor, der einen schwer beladenen Anhänger den Berg hinaufziehen muss.

Dann endlich war der dunkle Haarschopf zum Greifen nahe. Aber was war jetzt los? Wo war der Fremdling abgeblieben? War doch eben noch da. Die Kopfgröße und Gesichtszüge hatte Joaquín grob erkennen und auf ein gewisses Alter schließen können. Ein Mann, tatsächlich und zweifelsohne war ein Mann so dumm gewesen, sich mit dem Wind und dem See messen zu wollen. Aber jetzt war er fort, untergegangen und verschluckt und tot.

Warum es verdammt schwer ist ein Held zu sein

Schwimmen und Tauchen sind zwei unterschiedliche Sportarten. Manche Menschen sind Meister in beiden Disziplinen. Joaquín jedoch tauchte nicht gerne, das wusste er von zahlreichen Versuchen. Und noch nie hatte er es gewagt, an einem Sturmtag zu tauchen. Der Nicaraguasee war trüb und aufgewühlt. Er hatte sich wie ein fauchender Drachen erhoben, sich mit dem Himmel vermischt und dessen Farbe angenommen. Unmöglich, etwas zu sehen. Doch was blieb Joaquín anderes übrig, als unter Wasser nach dem Verrückten zu suchen. Aufgeben kam nicht in Frage. Auch, weil er wusste, dass am Strand jemand stand, dessen Meinung ihm wichtig war.
Wild entschlossen, alles zu versuchen, holte Joaquín Luft und tauchte ab. Tatsächlich, dort hinten trieb etwas Blaues, etwas Großes. Joaquín konnte nicht genau erkennen, um was es sich handelte. Sobald eine Welle sich

überschlug, änderten sich die Formen und Farben vor seinem Gesichtsfeld. Doch etwas befand sich dort. Immer schneller wurden Joaquíns Bewegungen, immer hastiger drückte er sich voran. Mit kräftigen Arm- und Beinschlägen schwamm er durch die milchig graue Wasserwelt. Jetzt war der Gegenstand wieder verschwunden. Jetzt teilte sich der Gegenstand. War das zu fassen? Spielten seine Augen ihm einen Streich? Sein Kopf schmerzte, sein Herz pochte laut.
Zwei Mal musste Joaquín nach oben, um Luft zu holen. Und jedes Mal, wenn er ins Wasser zurücktauchte, sah er noch weniger als zuvor. Als würden die schäumenden Wellen immer weniger Licht durchlassen. Doch dann sah er ihn doch. Den Hai, den ersten Haifisch seines Lebens. Vergessen war der Verrückte, dem er dieses Abenteuer zu verdanken hatte. Es gibt sie wirklich, freute sich Joaquín. Und ich habe einen der seltensten aller Haifischarten gesehen. Nun klopfte Joaquíns Herz nicht nur vor Anstrengung, sondern auch vor Begeisterung.
Bläulich schimmernd drehte der Riese ab, drehte eine Schleife und kam zurück. Seine Augen waren winzig im Vergleich zu dem massigen Körper. Doch sie starrten eindeutig auf ihn, auf Joaquín.
Dieser Hai hat gerade einen Menschen gefressen, war Joaquíns nächster Gedanke und seine Freude verwandelte sich in Furcht. Genau in dem Augenblick ging ihm die Luft aus. Er musste auftauchen, er musste atmen, gleichzeitig spürte er, dass der Haifisch ihn mit seinem Blick

hypnotisiert hatte. Wie Gitterstäbe, so fest, ist ein solcher Blick, man kann ihm nicht entfliehen. Alles Mögliche hätte passieren können, wenn sich nicht gerade eine Riesenwelle über Joaquíns Kopf überschlagen hätte. Der Sog zog ihn ein ganzes Stück zur Seite, zog ihn Richtung offenes Meer. Unser Held vollführte mehrere Purzelbäume, wurde wie die Ackerkrume umgepflügt und wusste nicht mehr, wo oben und unten war, als sein Kopf gegen etwas Festes stieß.
»Aua«, schrie er. Das war nur möglich, weil sein Mund sich über dem Wassersiegel befand. Verzweifelt schnappte Joaquín nach Luft, als eine Hand nach ihm griff.

Die Sache hätte ein schreckliches Ende nehmen können, wenn Joaquín nicht diesen Arm entdeckt hätte oder durch Zufall auf ihn zugetrieben worden wäre. Denn an dem Arm hing der Mann, wie erhofft noch lebendig, aber zu müde, um weiterzukämpfen.
Auch Joaquín war müde, doch nun wusste er wenigstens, dass der Hai weder ihm noch diesem Menschen etwas zuleide getan hatte. Er schöpfte neuen Mut.
»Kämpfen musst du, hörst du«, schrie Joaquín gegen den Sturm an. Ihm war nicht ganz klar, ob er sich oder den Fremdling meinte. Regen hatte eingesetzt und peitschte ihm seitlich ins Gesicht. Er schaffte es, den Mann wachzurütteln und sich und ihn in die richtige Richtung zu drehen. Und da entdeckte er den Helfer, Pepe in seinem Boot. Der Alte hatte sich, trotz aller Vorsicht, auf den Weg ge-

macht. Und Joaquín ahnte, dass er ihm zuliebe das Risiko eingegangen war. Guter alter Pepe.

»Hier, hier!«, rief Joaquín seinem Retter entgegen. Und seine freie Hand schwenkte wie ein Pendel von rechts nach links. Übermütig, als wäre jetzt alle Gefahr gebannt.

Warum auch arbeitsfreie Tage erfolgreich sein können

Nein, die Gefahr war nicht gebannt, denn Pepes Boot war wie Pepe selbst, altersschwach und morsch. Pepe fehlten ein paar Zähne und jede Menge Haare auf dem Kopf. Dem Boot fehlte es an einem gut geteerten Untergrund und einem funktionierenden Außenbordmotor. Drei Mann mussten durch immer höher schlagende Wellen transportiert werden, viel Arbeit für ein Boot, in dem sich bereits reichlich Regen-, Leck- und Gischtwasser angesammelt hatte. Sie mussten erst schöpfen, bevor sie Kurs aufnehmen konnten. Schließlich stemmten sie sich zu zweit in die Ruder, wobei Pepe den Takt vorgab.
»Eins, zwei, eins, zwei.«
»Ich habe einen gesehen, ich habe einen Hai gesehen«, erzählte Joaquín atemlos. Er musste schreien, so laut fauchten Wind und Wellen.
»Nicht reden sollst du, sondern rudern und zwar im Takt. Los, eins, zwei, eins, zwei.«

»Hast du nicht gehört? Er war da. Einer, vielleicht auch mehrere.«

»Schon gut, Haifische kommen nicht an Land«, antwortete der Alte. »Du kannst also erzählen, was du willst. Man wird dir glauben oder nicht.«

»Glaubst du mir?« Joaquín hatte Mühe laut zu reden. Das brackig Wasser kratzte immer noch in seinem Hals.

»Heute glaube ich dir alles, mein Sohn.«

Zufrieden nickte Joaquín und stieß das Ruderblatt mit neuem Eifer ins Wasser.

»Was ist mit dem Mot ...?«, wollte er wissen. Das Satzende musste Pepe sich dazudenken. Eine hohe Welle hob sie an, ließ das Boot auf seinem Kamm tanzen. Krachend landeten sie wieder auf der Seeoberfläche. »Vielleicht fehlt Benzin«, murmelte der alte Pepe. Und zwischen den Nichtzahnlücken blieb ein zaghaftes Lächeln hängen.

»Wir müssen es ohne schaffen. Weißt du, ich hänge an meinem kleinen Leben, an dem Boot ebenfalls, und will beides nicht verlieren.«

»Und ich erst. Aber ich glaube, ich kann nicht mehr. Ruder langsamer.«

»Nichts zu machen, mein Junge, da draußen warten sie auf uns.«

»Draußen ist hier, wo wir sind.«

»Draußen ist aber auch dort. Los jetzt!«

Ja, am Ufer standen sie und applaudierten: Joaquíns

Freunde, der Kellner vom *El Paradiso* und Rosa. Und das war das Wichtigste: Rosa strahlte ihn, Joaquín, an. Und sie glaubte ihm sofort, als er ihr von den Haifischen erzählte.

Warum ein Restaurantbesuch mehrmals in Angriff genommen werden muss

Es gab dann doch noch ein richtiges Essen, kein Frühstück, sondern ein Mittagessen, sogar im *El Paradiso,* denn der Gerettete war kein Geringerer als der Sohn der Cousine des unfreundlichen Kellners. Und er war kein dummer Gringo, sondern ein besonders dummer Nicaraguaner vom Festland, der gekommen war, um seine Familie zu besuchen. Einer, der geglaubt hatte, dass er ein ganz großartiger Langstreckenschwimmer war und lediglich eine Verkettung von Missverständnissen dazu geführt hatte, dass niemand auf die Idee gekommen war, ihn zu den Olympischen Spielen anzumelden.
»Die schöne Matratze«, klagte der Gerettete, nachdem er sich umgezogen hatte und von seinem Kellneronkel an den Tisch geführt worden war. »Nagelneu, das Ding.«
Die anderen drei, Pepe, Joaquín und Rosa, saßen in ihren feuchten Kleidern da, sahen gelassen zu, wie sich Pfützen auf dem Holzfußboden bildeten. Auf der Terrasse Platz zu nehmen hatten sie sich geweigert, obwohl der Sturm längst weitergezogen war.

Sie gönnten sich einen Platz an dem größten und dem am aufwändigsten geschmückten Tisch, stemmten die Unterarme gegen das gestärkte Tuch aus weißer Baumwolle und spielten mit den teuren Stoffservietten. Während der große Restauranthund sie und die ganze Pracht bewachte. Keine Gäste bevölkerten den Raum, sie waren unter sich.

»Alles umsonst heute«, erklärte der unfreundlichste aller unfreundlichen Kellner, »aber seid so gut und bestellt keinen Hummer, sonst bin ich ruiniert.« Entschuldigend schaute er Joaquín an und der wich seinem Blick nicht aus. Er fühlt sich wie ein mieser Verbrecher und das ist er auch. Ich hingegen bin ein Held. Das ist eindeutig das bessere Gefühl. Die Zerknirschung des Kellners darf ich also getrost genießen.

Zufrieden beobachtete Joaquín Rosa, die sich in die Speisekarte vertieft hatte, als suche sie im Flusssand nach Gold. Er, Pepe und der Gerettete hatten längst bestellt. Den besten Fisch wollten sie essen, dazu Reis und Bohnen und ausgebackene Bananen.

»Ist das so schwer?«, fragte Pepe das Mädchen aus Alemania. »Wenn man schnell bestellt, kommt das Essen schneller, habe ich mir sagen lassen. Ich war ja noch nie in einem solchen Restaurant.« Die Arme vor der mageren Brust verschränkt, ein Loch im T-Shirt verdeckend, sah der Alte sich um.

»Ich darf normalerweise nur an die Hintertüre kommen, um dort meinen Fang demütig abzuliefern. Heute

wollten sie meine Fische nicht, weil sie zu klein waren. Mal sehen, was meine Kollegen so geangelt haben.«
»Schon gut«, winkte Rosa ab und bestellte eine Fischsuppe. Dann beobachtete sie Joaquín, wie er sie beobachtete. Er merkte es genau. Endlich fasste sie das in Worte, was er sich zu hören wünschte.
»Eine Medaille bekommst du vielleicht nicht, aber das war schon eine echt tolle Leistung, Joaquín. Ich kann auch gut schwimmen, weißt du. Im Rückenschwimmen bin ich die Beste in der Klasse. Aber ich hätte mich nicht in dieses fauchende Wasser gewagt.«
»Und was ist mit mir?«, meldete sich der alte Pepe zu Wort und begann, kaum stand der Teller mit dem Essen vor ihm, hastig an zu schlingen. »Eine Medaille würde sich auf meiner Brust sehr gut machen. Habe ich ihn …«, und er zeigte mit einem Messer auf Joaquín, »… nicht als Baby ins Wasser geworfen, habe ich ihm nicht diese Muskeln antrainiert?« Lachend schleckte er das Messer ab, bevor er weiteraß.
»Und sogar mit dem Boot abgeholt«, erläuterte der Gerettete. Das war allerdings seine letzte Äußerung, denn kurz danach wurde ihm schlecht, sein Gesicht verfärbte sich kürbisgelb. Das Essen schien den Rückwärtsgang eingelegt zu haben. Der Verfärbte stand auf, drehte sich hilflos im Kreis, schließlich humpelte er hinaus. Draußen nahm ihn sein Onkel in Empfang, führte ihn in den Garten, wo man den Geretteten würgen hörte.
Rosa und Joaquín waren sich einig.

»Geschieht ihm recht«, sagte Rosa.
»Je weniger er essen kann, desto mehr bleibt für uns«, pflichtete Joaquín ihr bei.
»Du denkst nur ans Essen.«
»Das ist eine Tatsache.« Pepe richtete sich auf. »Was ist aus dem Brot geworden? Ich meine das Picknickbrot und die anderen Sachen?«
»Ach, auch du denkst nur ans Essen«, lachte Rosa den Alten aus. »Aber keine Sorge, Joaquíns Freunde haben es eingepackt und seiner Familie gebracht. Zumindest haben sie das versprochen.«
Joaquín sah von seinem Teller auf. Er sah in blitzblank polierte Augen und freute sich.
»Seit ich dich kennengelernt habe, hat sich mein Leben verändert. Ständig passiert etwas.«
»Ist das gut?«, wollte Rosa wissen.
»*Fantástico,* fantastisch.«
Beide grinsten, hörten dem alten Pepe zu, wie dieser die letzten Reiskörner vom Teller kratzte und laut schmatzend vertilgte, dann war auch er fertig.
»Morgen«, begann der Alte, »morgen wird das Wetter gut. Wir können zum Fischen rausfahren.«
»Morgen kann ich nicht.« Joaquín blickte zu Rosa hinüber. »Ab morgen arbeite ich für Rosas Vater.«

Warum ein Abschied
schön sein kann

»Oder machen wir beiden wieder etwas zusammen?«, fragte Joaquín, als sie bereits draußen standen und auf den Jeep warteten, der Rosa abholen sollte. Und gleichzeitig dachte er: Den Verdienst darf ich nicht vergessen. So schön die Tage mit Rosa auch sein mögen. Durch sie komme ich zu einer Mahlzeit. Wenn ich aber für ihren Vater arbeite, gibt es zusätzlich richtiges Geld.
»Denk an deine Familie«, sagte Rosa prompt. »Deine Mutter kann das Geld bestimmt gut gebrauchen.«
In diesem Augenblick kam sie ihm ziemlich klug vor, die kleine Gringa. Sie hatte gelernt. Und sie schien begriffen zu haben, dass es zwei Welten gab. Eine Welt, in der man einen Strandtag einlegen konnte, und eine Welt, in der man immer nur bis zum nächsten Tag plante.
»Was willst du später werden?«, fragte Joaquín unvermittelt.
»Prinzessin«, kam die spontane Antwort. Doch dann lachte Rosa, lachte ihn wieder aus oder an. »Nein, Quatsch. Ich weiß noch nicht. Meine Mutter möchte, dass ich Ärztin werde. Sie ist oft krank, weißt du.«
»Das tut mir leid.« Joaquín trat von einem Bein auf das andere. Du bist doch schon eine Prinzessin, hatte er erwidern wollen, doch jetzt ahnte er, dass jeder ein Päckchen zu tragen hatte, auch Prinzessinnen. Und deshalb schwieg er.

»Bis morgen«, winkte Rosa ihm zu, als ihr Vater mit dem Jeep vor dem Restaurant hielt und die Beifahrertür aufflog.
»Ja, bis morgen.«

Ein schöner Tag, dachte Joaquín auf dem Heimweg. Ein Tag mit wenig Sonne und zahllosen Wolken und stürmischem Wind und dennoch schön. Weil Menschen schön sind, wenn sie sich gegenseitig helfen. Erst an der Abzweigung zum Haus der Großmutter fiel ihm sein Knie wieder ein. Der Verband war verschwunden. Die Kruste, aufgeweicht, hing in kleinen Fetzen herunter.
Egal. Er freute sich auf den morgigen Tag. Ganz früh würde er loslaufen und sich von niemandem aufhalten lassen.

Warum Wege lang werden können

Der Weg war doch weiter, als Joaquín gedacht hatte. Aber nicht, weil sein Bein schmerzte. Auch nicht, weil er die Entfernung unterschätzt hatte. Die Hazienda von Don Alonso lag neben der Hazienda Granada. Den Besitzer der Hazienda Granada, Tio Carlos, kannte er gut. Immer wieder verschaffte der ihm Arbeit, nicht nur während der Erntezeit. Wenn ihn kein Lastwagen mitnahm, ging er die Strecke immer zu Fuß. An diesem Morgen aber wog Joaquíns Herz schwerer als sonst. Er machte sich Sorgen, weil er, sein Alter betreffend, gelogen hatte. Warum nur hatte er so wenig Mut besessen und ein falsches Alter angegeben? Noch in der Nacht, als er sich schlaflos hin- und hergewälzt hatte, musste er den Kopf über so viel Dummheit schütteln. Gestern hatte Rosa ihn nicht darauf angesprochen. Aber irgendwann würde die Wahrheit ans Licht kommen. Warum nur war es ihm so wichtig gewesen, Rosa gegenüber gut dazustehen? Verachtete sie ihn nicht trotzdem? Und würde sie es nicht noch mehr tun, wenn die Wahrheit herauskam? Fast jeder in den umliegenden Dörfern kannte sein wahres Alter. Die Lüge war wirklich unnötig gewesen, dumm, dumm. Mit Kribbeln im Bauch stieg er das letzte Wegstück den steilen Hang hinauf. Reifen hatten tiefe Furchen in den Lehmboden gedrückt. Bei Regen war der Weg nur mit Allradfahrzeugen passierbar. Der Vulkan Maderas hatte dafür gesorgt, dass die Pflanzen an seinem Hang üppig wuchsen. Daher lagen die Felder nicht nur in den Ebenen, sondern schmiegten sich fest an den dicken Bauch des Vulkans. Kaffee, Bohnen, Reis und Sesam wurden hier angepflanzt. Und hatten einen Teil des Urwaldes verdrängt. Dennoch begrüßte ihn eine Herde Brüllaffen. Eine Affenmutter mit ihren Jungen hangelte sich von Ast zu Ast, während das Männchen auf einem dicken Aststumpf verharrte, sich aufstützte und Joaquín finster anstarrte. Sein Imponiergehabe erschütterte den Mangobaum. Ein paar überreife Früchte fielen herunter. »Vielen Dank, Chef.«

Joaquín sah sich um. Und weil er niemanden entdecken konnte, der ihn beobachte, hob er so viele Mangos auf, wie er tragen konnte. Im Gehen schälte er das Fruchtfleisch mit den Zähnen aus der Schale. Die Früchte schmeckten herrlich süß. Auch wenn sie gestohlen worden waren. Auch wenn sie vom Grundstück des Teufels stammten. Joaquín schluckte. Er hatte noch nichts gegessen. Und nur wenig getrunken. Trinkwasser war kostbar. Langsam stieg die Sonne hoch, tunkte den Tag in helles Licht. Es würde warm werden. Nein, es war bereits warm. Durchgeschwitzt erreichte Joaquín den Vorplatz des Hauses.

Warum Reiche sich eine Krone aus roten Ziegeln aufs Dach setzen können

Don Alonso wurde der Teufel genannt, weil er vor drei Jahren einen Richter vom Festland hatte kommen lassen. Zusammen mit einem Dutzend Polizisten wurden vier Familien aus ihren Häusern vertrieben. Obwohl sie schon lange am Rande der Hazienda Santa Ana wohnten, behauptete Don Alonso, das Land würde ihm gehören. Die Häuser mussten weg. Die Familien wehrten sich mit Stöcken und Macheten. Doch gegen die Gewehre der Polizisten hatten sie keine Chance. Es gab zahlreiche

Verletzte. Tia Alba, eine Schwester von Joaquíns Mutter, war unter ihnen. Von dem Angriff hat sie sich nicht mehr erholt. Laufen konnte sie nur, wenn jemand sie stützte, oder wenn sie ihre Krücke benutzte. Auch sie wurde angegriffen und vertrieben. Ein Bagger zerstörte noch am selben Tag die Gärten und Häuser. Ein neues Gebäude für Touristen sollte gebaut werden. Das Betonfundament war bereits gegossen worden, da stellte sich heraus, dass Don Alonso gelogen hatte. Alle Familien konnten nachweisen, dass der Besitz ihnen gehörte. Obwohl der Richter später angeklagt wurde, erhielten die Familien keine Entschädigungen. Mit Hilfe von Freunden mussten sie ihre Häuser wieder aufbauen. Sie waren aber zufrieden. Mehr hatten sie sich sowieso nicht erhofft.

Joaquín blickte auf. Er musste die Vergangenheit hinunterschlucken und Platz machen für Neues. Doch er schaffte es nicht ganz. Mit Widerwillen sah er sich um. Betrachtete das Haupthaus, das kein normales Haus war, sondern eine stolze Königin. Mit gestohlenen Perlenketten behängt. Wie Wächter standen die Nebengebäude parat. Auch drei Freiflächen gehörten zum Anwesen. Zwei davon waren überdacht, auf ihnen konnte Kakao oder Kaffee oder Mais getrocknet werden. Das Wohnhaus der Familie Alonso besaß eine Veranda, die acht- oder neunmal größer war als das Haus der Großmutter. Fünf Tische fanden darauf Platz. Um jeden Tisch herum gruppierten sich zahlreiche Stühle. Und alles war aus dem schönsten Holz gefertigt. Die Wände streckten sich dem Tag hellgelb und verputzt entgegen. Joaquín vermutete, dass auch die Rückseite verputzt worden war. Obwohl dort kein Mensch hinsah. Als Krönung hing dem Haus ein rotes Ziegeldach weit über die Schultern. Bot reichlich Platz, um allerlei Werkzeuge unterzustellen. Doch nirgends stand auch nur ein Besen oder eine Schaufel herum.

Bereits vor seinem hinterlistigen Plan hatte Don Alonso damit begonnen, sein Haus umzubauen. Mehrere Zimmer konnten bei Bedarf an Ausländer vermietet werden. Das brachte ihm jede Menge Geld ein. Deshalb konnte er sich eine solch glänzende Ziegelkrone aufs Haus setzen und seine Wände verputzen. Wer Geld besitzt, kann zudem Richter und Polizisten bestechen. Und wer sagt, dass sein Landhunger nicht erneut erwacht, grübelte Joaquín. Immer noch zitterten die armen Familien, die in der Nähe der Hazienda Santa Ana lebten. Würde Don Alonso eines Tages wieder ihre Häuser niederreißen lassen, ohne dass ihn jemand dafür bestrafte?

Warum aller Anfang schwer ist

Im Schatten der Veranda entdeckte Joaquín seinen Freund aus Alemania. Er entdeckte aber auch, was fehlte. Vergebens suchte er die Gestalt seiner deutschen Freundin. Auf dem Tisch war für drei Personen gedeckt worden. Nur einer der Teller zeigte sich unbenutzt. Hoffentlich haben sie mir etwas übrig gelassen, grübelte Joaquín. Er konnte nur Reste entdecken.

»*Buenos dias*, guten Tag.« Vorsichtig trat er näher.

»Hallo, Joaquín.« Rosas Vater legte die Zeitung zur Seite, wischte sich rote Soße aus dem Mundwinkel und zeigte auf den Stuhl neben sich.

»Nimm Platz! Ich glaube, ich habe mich noch gar nicht vorgestellt: Mein Name ist Peter Hein. Nenn mich Peter. Übrigens, ich habe bereits mit Rosa gefrühstückt. Komm, wir bestellen neu für dich.«

Obwohl seine Sorge, das Frühstück betreffend, unnötig gewesen war, konnte Joaquín sich nicht freuen.

»Wo ist sie?«

»Wer?«

»Deine Tochter.«

»Sie ist mit Don Alonso und zweien seiner Kinder losgefahren. In eine der Kaffeeplantagen, glaube ich.«

»Warum denn? Sie wusste doch, dass ich komme.« Kaum ausgesprochen, klang der Satz in Joaquíns Ohren falsch. Er wusste auch, wieso.

»Vielleicht kommt sie später dazu.« Rosas Vater winkte ihm beruhigend zu. Doch so rasch wollte Joaquín nicht aufgeben.

»Wird Rosa da oben arbeiten?«

»Das ist nicht zu vermuten. Aber vielleicht hilft sie ein bisschen.«

Joaquín setzte sich. Eine junge Frau kam. Sie fragte ihn, was er essen und trinken wolle. Die Eier gekocht oder gebraten oder als Omelette mit Zwiebeln. War das zu fassen? Er bestellte *huevos revueltos,* Rührei, und einen Kakao. Als das Essen kam, begann er mit dem Ei. Er aß langsam, wie er es bei den Touristen beobachtet hatte. Denn er wollte nichts falsch machen. Dennoch war er in wenigen Minuten fertig. Nachschlag gab es auch. Einen Korb mit vier weiteren Toastscheiben und auf einem Teller Butter und rote Soße.
»Was ist das?«
»Marmelade. Die wird aus Früchten hergestellt. Probier, es schmeckt gut. Halt!«, Peter fuchtelte mit dem Arm.
»Die Butter wird zuerst aufs Brot geschmiert. Dann erst kommt die Marmelade drauf.« Er lachte Joaquín aus. Und der war froh, dass keine weiteren Gäste auf der Veranda saßen. Auch sonst sah man niemanden. Alle Arbeiter schienen bereits auf den Feldern zu sein. Nur die Hausangestellte kam und räumte das Geschirr ab.
Rosas Vater half ihr dabei. Auch Joaquín wollte helfen. Und fragte nebenbei, ob er die Reste einstecken dürfe.
Die Frau war groß und schmal. Sie trug eine Jeans, die so eng saß, dass man ihre Muskeln unter dem Stoff erkennen konnte. Zwischen den Beinen hätte man einen Pfeil durchschießen können, so weit standen sie auseinander.
»Wenn du meinst.« In dem Gesichtsausdruck der Frau spiegelte sich Widerwillen. Bestimmt ist sie selbst auf die Reste angewiesen. Bestimmt bezahlt der Teufel nicht gut,

grübelte Joaquín. Dennoch brachte die Hausangestellte ihm wenig später die gewünschte Tüte. Sie vollführte sogar eine kleine Verbeugung.

»Es tut mir leid«, setzte sie stotternd zu einer Entschuldigung an. »Ich habe es gerade erst erfahren. Du bist der Junge. Du hast gestern Salvador Nueve aus dem Wasser gefischt.« Erneut verbeugte sie sich leicht. »Natürlich hast du einen Bärenhunger, das ist doch klar.«

»Ach ja«, Peter schlug sich an die Stirn. »Auch ich möchte dir ganz herzlich gratulieren. Eine tolle Tat. Rosa hat mir alles erzählt.«

»Was denn?«, stellte Joaquín die Gegenfrage und freute sich, als Peter ausführlich davon berichtete, was seine Tochter ihm erzählt hatte. Dann aber wurde es ernst. Nachdem alles aufgeräumt war, holte Peter sein Handy hervor. Er tippte darauf herum, ohne etwas zu sagen. Dann legte er es zwischen sich und Joaquín auf den Tisch. Joaquín lehnte sich zufrieden zurück. Bereits den dritten Tag in Folge hatte er sich satt essen dürfen. Und war sogar bedient worden. An dieses Leben konnte man sich gewöhnen.

»Bist du startklar?«, weckte Peter ihn aus seinen Tagträumen. »Deine Antworten, aber auch meine Fragen werden aufgezeichnet. Nur, damit du Bescheid weißt.«

Joaquín wusste nicht Bescheid, aber er nickte.

Erneut sah Peter auf seine Uhr, dann schlug er ein Heft auf. Er notierte etwas. Joaquín kannte viele Zahlen. Zahlen waren wichtiger als Buchstaben. Mit Zahlen wurde bezahlt. Zahlen musste man auch kennen, wenn jemand einem Wechselgeld herausgab. Auf der aufgeschlagenen Seite erkannte er eine Sieben, eine Dreißig, eine Siebzehn, eine Drei. Er wusste nicht, dass es sich um die Uhrzeit und das Datum handelte.

»Siebenundfünfzig«, sagte Joaquín.

»Wie bitte?«

»Das, was du aufgeschrieben hast, macht zusammen siebenundfünfzig.«

Der Deutsche schüttelte den Kopf.

»Bist du sicher, dass du noch nie in der Schule warst? Das ist ja erstaunlich.« Vielleicht war das ein Lob. Vielleicht aber auch nicht. Bestimmt hatte die Mutter dem Fremdling erzählt, dass er nie zur Schule gegangen war.

»Rechnen ist babyleicht«, sagte Joaquín und richtete sich auf. Er fühlte sich gewappnet. Die erste Frage konnte kommen.

Warum ein Interview ganz schön anstrengend sein kann

»**G**ibt es einen Gott?«

Joaquín verstand nicht. War das die erste Frage? Ging es los? Und war das eine ernst gemeinte Frage? Um Zeit zu gewinnen, ergriff er eine Serviette und wischte sich den Mund ab. Er tat das sehr gründlich. Er dachte darüber nach, dass jede Frage, vielleicht sogar jede Pause

und erst recht jede Antwort Geld bringen würde. Geld, auf das seine Familie dringend wartete. Vielleicht durfte Dolores dann endlich in die Schule gehen. Er wollte auch eine Schule besuchen, abends vielleicht, nach der Arbeit.
»Ja«, antwortete er mit fester Stimme.
»Das reicht nicht. Du musst deine Antwort begründen. Du musst mir mit einem Satz erläutern, warum er deiner Meinung nach existiert.«
»Ich kann tausend Sätze dazu sagen. Tausend Begründungen.«
»Einen.«
»Gott gibt es, weil die padres, die Pfarrer, das sagen und weil jemand die Welt gemacht haben muss.«
Joaquín war sehr zufrieden mit seiner Antwort. Er hatte es geschafft, zwei Aussagen in einen Satz hineinzuschmuggeln. Und Peter hatte nicht protestiert. Sondern schrieb seine Antwort auf.
»Schreibst du alles mit?«
»Nur Stichworte.«
»Und das Ding da?« Joaquín zeigte auf das Handy.
»Zusätzlich werden unsere Stimmen aufgenommen.«
»Warum?«
»Weil ich nicht so schnell schreiben, wie du reden kannst.«
»Ist das immer so?«
»Natürlich. Schau, für das Wort *Lampenfieber* muss ich zwölf Buchstaben aufschreiben, aber du kannst das viel schneller sagen.«
»Kann ich nicht, denn ich kenne dieses Wort nicht.«

»Also weiter. Frage zwei.« Peter wischte sich den Schweiß von der Stirn. Fächelte sich zusätzlich mit der Serviette Luft zu.
»Kannst du einen Stein lieben?«
Jetzt musste Joaquín aber etwas erwidern. So ging das nicht weiter.
»Ich will richtige Fragen haben«, protestierte er. »Deine Tochter hat gesagt, dass man gefragt wird, wie lange man zu Schule gegangen ist. Und ob man auf dem eigenen Land arbeitet.«
»Das sind die Fragen, die ich den Campesinos stelle.«
»Aber ich bin ein Landarbeiter. Seit ich neun bin, arbeite ich nicht nur auf unserem kleinen Grundstück, sondern auch für Tio Carlos.«
»Seit du neun bist?«

Und so kam es, dass Joaquín zugeben musste, dass er gelogen hatte. Und Peter wollte wissen, ob das öfters vorkommen würde. Das empörte Joaquín dermaßen, dass er einen roten Kopf bekam. Denn nun musste er erneut lügen und behaupten, dass er noch nie zuvor gelogen hätte, weder vorsätzlich noch annähernd. In seinem ganzen Leben also noch nicht. Weil Lügen dumm wären und in solchen Fällen sogar unnötig. Er hätte sich gestern bei der Angabe des Alters schlichtweg vertan. Er wisse ja schließlich, dass er zwölf sei. Joaquín entschuldigte sich und Peter notierte das.
»Für meine Arbeit ist es wichtig, dass du so klar und

einfach antwortest wie möglich. Du musst niemanden beeindrucken. Du musst dich weder kleiner noch größer machen.«
»Das verstehe ich.«
Aber weil Joaquín es eigentlich doch nicht verstand, ließ er sich alles Mögliche erklären. Wie sich Peters Arbeit nannte und wie der Deutsche seine, Joaquíns, Antworten verwenden wollte. Am Schluss hatte er kapiert, dass Peter so etwas Ähnliches wie ein Buch schreiben wollte.
»Es ist so«, erläuterte Rosas Vater, »ich habe mir für dich neue Fragen überlegt. Und die möchte ich gerne stellen. Unabhängig davon, ob du dich als erwachsener Landarbeiter fühlst oder nicht. Und nun sag mir, bist du damit einverstanden oder nicht?«
Mit diesem Satz war alles gesagt, fand Joaquín. Das war ein Steinsatz, der einen entweder in die Flucht schlug oder tief ins Erdreich einstampfte und zur Bewegungslosigkeit verdonnerte.

Warum es manchmal gut ist, Antworten aufzuschieben

Weitere zwei Stunden vergingen, in denen ernsthaft gearbeitet wurde. So ernsthaft, dass schon bald beiden der Schweiß auf der Stirn stand. Aber vielleicht lag es auch am Wetter. Selbst im Schatten war es unglaublich warm.

Joaquín war sehr stolz darauf, dass er nicht aufgestanden und weggelaufen war. Und nach und nach erkannte er sogar, dass ihm die Fragen und seine Antworten Spaß bereiteten. Obwohl er am Anfang gedacht hatte, dass es keine dümmeren Fragen auf der Welt geben könne. Das stimmte jedoch nicht. Diese Fragen waren nicht leicht zu beantworten. Er musste lange auf ihnen herumlutschen, sie wie ein Bonbon behandeln, dessen Geschmack sich erst nach und nach entfaltet. Sorgsam ließ er sie im Kopf zergehen. Nicht weil er Zeit schinden wollte. Sondern weil ihm die Antworten wichtig waren.
»Warum gibt es Eltern?«
Ganz klar, das war wieder eine Frage, über die man länger als lang nachdenken musste. Schließlich kam sie wie eine Fangfrage daher. Wenn er antwortete, irgendjemand müsse die Kinder ja schließlich hervorbringen, könnte Peter denken, er würde Gott diese Arbeit nicht zutrauen. Wenn er aber die Wichtigkeit der Eltern in Frage stellte, könnte Peter vermuten, seine Liebe zu seiner Mutter wäre nicht stark genug.
»Darf ich über diese Frage, es ist ja die letzte, hast du gesagt, darf ich darüber in Ruhe nachdenken und sie dir morgen beantworten?«
»Wenn du meinst.«
»Morgen darf ich doch wiederkommen, nicht wahr?«
»Morgen darfst du wiederkommen.«
»Vielen Dank.«

Joaquín ergriff die Tüte mit den Resten. Da war noch viel Platz drin. Doch Peter schien nicht zu merken, dass er sie demonstrativ hochhielt. Also verabschiedete er sich und ging. Nicht den Hauptweg entlang und auch nicht auf geradem Weg den Hang hinunter, sondern hinter das Haus. Dort standen die Mülleimer. Wie vermutet. Bereits nach kurzer Zeit war die Plastiktüte randvoll gefüllt. Es war unglaublich, was und wie viel die Reichen wegwarfen. Bananen und nicht mehr ganz schöne Äpfel und sogar Kekse, die bestimmt liebend gern in den Bäuchen von kleinen Mädchen liegen wollten.

Wie Fragen einen begleiten können

Auf dem Heimweg ging Joaquín jede Frage und jede Antwort noch einmal durch. Legte sie wie Halme übereinander, baute sich einen Sonnenschirm. Er merkte, dass sich die Straße aufgeheizt hatte, aber die Hitze machte ihm nicht viel aus. Denn sein Körper war mit schönen Dingen beschäftigt. Sein Bauch bildete eine beachtliche Kugel und auch sein Kopf fühlte sich gut gefüllt an. Jede Menge neuer Gedanken galt es wiederzukäuen und zu verdauen.
Frage: Kannst du einen Stein lieben?
Antwort: Es ist sogar sehr einfach. Denn ein Stein ist nie

schuld. Selbst wenn du über ihn stolperst, selbst wenn er dir auf den Kopf fällt.
Frage: Gibst du schnell auf, wenn du etwas nicht beim ersten Mal schaffst?
Antwort: Warum sollte ich? Wenn es wichtig ist, probiere und probiere ich es, bis es klappt. Wenn es lange Zeit nicht klappt, dann beschließe ich, dass es unwichtig ist.«
Frage: Hast du in der Nacht Angst?«
Antwort: Wenn ich Angst habe, mache ich mir die Nacht zum Freund, indem ich mir einen Stern aussuche.«
Frage: Was machst du, wenn du keine Geduld hast?
Antwort: Auf die Geduld warten.

Geduld ist die wichtigste Eigenschaft, die man für ein Überleben benötigt, fand Joaquín. Brauchte man nicht für alles Geduld, einen ganzen Sack davon? Ein einfaches Beispiel: Rosa war nicht mehr rechtzeitig zur Hazienda zurückgekehrt. Er würde also auf ein Wiedersehen warten müssen. Wie mochte es ihr gehen? Hatte sie ihn bereits vergessen? War sie lieber mit den Kindern von Don und Doña Alonso zusammen? Weil die gebildeter waren und lesen und schreiben konnten?

Warum es nicht reicht,
den ganzen Tag über nur nachzudenken

Tief in Gedanken versunken überholte Joaquín einen Baum nach dem nächsten, ließ Palme um Palme zurück, näherte sich seinem Dorf. Über so viele Dinge konnte man sich freuen. Wie gut, dass ich gehen kann, dachte er. Wie gut, dass ich nicht für zwanzig oder zweihundert Jahre am gleichen Fleck stehen muss, wie diese Bäume. Selbst das Wasser hat es besser als sie, es darf wandern, darf sich vom Wind treiben lassen.
Bäume haben es in mancher Hinsicht aber auch leichter als Menschen, sie müssen sich nicht fragen, wozu es Eltern gibt. Oder stellen sie sich diese und ähnliche Fragen?

Noch bevor die ersten Häuser sichtbar wurden, schwenkte Joaquín von der Straße ab, querte den Strand. Etwas Abkühlung würde ihm guttun, nach der langen Wanderung. Und die Abkühlung sollte er auch bekommen. Allerdings anders, als er sich das vorgestellt hatte. Bereits von weitem erkannte er sie. Und sie erkannten ihn. Für eine Umkehr war es zu spät. Seine Mutter, Tia Gloria und Dolores standen bis zur Brust im Wasser. Zwischen sich hielten sie eine große Plane. Dolores hatte zusätzlich eine Plastiktüte dabei, die sie sich um die rechte Schulter geschlungen hatte. Die Tüte sah leer aus. Das war das', was Joaquín sofort feststellte. Und dass seine Schwester ihm aufgeregt zuwinkte. Ohne Eile zog er seine Schuhe aus.

Wohin mit dem Essen? Er legte es zu seinen Sachen. Dolores würde darauf aufpassen.
Viele Menschen waren nicht am Strand. Es war wohl zu warm. Zudem hatte die Mutter ein abgelegenes Strandstück zum Fischen ausgewählt.
Sorgfältig legte Joaquín seine Jeans zusammen. Er hatte keine Lust zu helfen. Viel lieber wollte er seinen Gedanken nachhängen. Und hatte er nicht genügend Essen für alle dabei? Doch es half nichts. In Unterhose und T-Shirt watete er ins Wasser.

Seine Schwester begrüßte ihn als Erste.
»Hola. Brr...« Ihr schmaler Körper zitterte und ihre Lippen waren nicht rot, sondern blau. Wie alle Geschwister war sie recht klein. Viel zu klein für ihre neun Jahre. Daher überspülten sie die hohen Wellen. Selbst ihre Haare waren klatschnass, hingen ihr wie dunkler Seetang ins Gesicht. Es war allerhöchste Zeit, dass er sie als Treiberin ablöste.
»Nun, was hat er dich gefragt?«, wollte sie wissen.
»Das erzähl ich dir später. Gib mir die Tüte.«
»Es lohnt sich heute nicht. Aber Mutter will nicht aufgeben.«
»Hallo, Mama. Guten Tag, Tante. Ich habe etwas zu essen bekommen. Ihr könnt aufhören.«
Die beiden Frauen lachten ihn aus. Wir haben zwölf Mägen zu füllen, sagten sie. Du willst doch nicht behaupten, dass in deinem Beutel genug für uns alle ist.

»Für uns sieben wird es reichen. Morgen bekomme ich neues Essen. Vielleicht.«
»Und was sollen deine Tante und deine Cousins essen?«
Joaquín schwieg.
Während seine Schwester sich am Strand ausruhte, wartete er darauf, dass die beiden Frauen ihr improvisiertes Netz auseinanderzogen, es hoch in die Luft hielten, um es dann mit Schwung seitlich ins Wasser zu stoßen. Als Treiber war es nun seine Aufgabe, so rasch wie möglich vorwärts auf das Netz zuzulaufen und mit beiden Armen tief im Wasser Bewegungen auszuführen. Nur wenige Sekunden später holten die Frauen die Plastikplane wieder aus dem Wasser. Jeweils zwei Enden hielten sie dicht zusammen. Wenn sie Glück hatten, lag ein Fisch in der so entstandenen Badewanne. Viele Male mussten sie diese Bewegungen ausführen, bevor sie eine Handvoll Fische beisammenhatten. Ein Boot wäre schön, grübelte Joaquín nicht zum ersten Mal. Und ein durchsichtiges Netz, das die Fische nicht bereits von weitem als Gefahr erkennen.

Zwei weitere Stunden fischten sie. Zwei weitere Stunden froren sie. Obwohl das Wasser warm war, kühlte auch Joaquíns Körper nach kurzer Zeit aus. Das erholsame Bad hatte er sich anders vorgestellt. Aber die Mutter hatte recht. Jede Gelegenheit, an Nahrung zu kommen, musste genutzt werden.
Dolores war nach Hause gelaufen, um Holz zu sammeln

und das Feuer zu entfachen. Aber auch, um die Großmutter abzulösen, die Nieves und die anderen beaufsichtigte. Die Tüte mit den Nahrungsmitteln hatte sie am Strand vergessen. Als Joaquín, seine Mutter und die Tante aus dem Wasser stiegen, hatten Hunde die Tüte mit den Nahrungsresten zerfetzt und den Großteil gegessen.

Wieso an einem Tag unendlich viele Fragen auftauchen

Nach dem kläglichen Mahl, sie mussten sich die zwölf kleinen Fische mit der Tante teilen, bedrängten die Geschwister Joaquín. Haargenau solle er erzählen, forderten die Mädchen. Wie so ein Frühstück im Hotel aussah, wie viel er gegessen und wie viel er für seine Familie eingesteckt hatte.
»Ist doch sowieso egal. Die Hunde hatten noch größeren Hunger als wir. Aber morgen passe ich besser auf die Tüte auf.«
Und dann erzählte er von den merkwürdigen Fragen. Auf die er kein bisschen vorbereitet gewesen war. Aber er hätte sie dennoch wunderbar beantwortet. Die Mädchen glaubten ihm nicht und begannen ein Spiel zu spielen. Jede von ihnen, sogar die kleine Marimar, die erst sechs Jahre alt war, versuchten sich in schlagfertigen Antworten zu überbieten.

Ihre Antwort auf die Frage, ob es einen Gott gibt, lautete: »Gott gibt es, weil es ihn gibt.«

Dolores hingegen behauptete: »Es ist egal, ob es ihn gibt, wenn man an ihn glaubt.«

Antwort um Antwort flog auf, wirbelte herum, um sich schließlich neben ihnen auf der Veranda niederzulassen. Wo sich eine nachdenkliche Stimmung eingefunden hatte. Bis auch die Großmutter und die Mutter das Spiel mitzuspielen begannen.

»Einen Stein kann man streicheln, also kann man ihn auch lieb haben«, erklärte die Mutter.

»Eine Frage habe ich allerdings nicht beantworten können.« Joaquín räusperte sich, spitzte die Lippen. Es ist eine spitzfindige Frage, besagte sein Zögern. »Wozu gibt es Eltern?«

»Aber das ist doch ganz einfach«, rief die kleine Marimar erfreut. »Es ist weil, weil …« Sie verstummte. Enttäuschung entstellte ihr hübsches Gesicht. Deutlich leiser fuhr sie fort: »Weil es die Kinder sonst nicht gäbe. Oder hat Gott uns gemacht?«

Nachdem auf alle Fragen, bis auf diese letzte, ein ganzer Antwortenberg auf der Veranda angehäuft worden war, begann Marimar damit, selbst Fragen zu erfinden. Und die anderen eiferten ihr sofort nach.

Ist es richtig, ab und zu traurig zu sein? Warum leben wir in Nicaragua? Warum brauchen manche Menschen so viel Geld? Bin ich ein anderer, wenn ich satt bin? Gibt es Menschen, die nie Hunger haben? Kann ich lernen, glücklich zu sein? Warum sind manche Menschen glücklich, manche nicht?

An diesem Abend spülte niemand das Geschirr ab. Und niemand brachte den Müll nach hinten und selbst die kleine Nieves wurde vergessen und musste laut brüllen, damit jemand kam und sie aus ihrer Hängematte herausholte und ihr den Popo sauber machte. Die Mutter übernahm diese Arbeit und danach schickte sie die Kleinen zum See, damit sie sich wuschen. Schlafanzüge gab es nicht, die Kinder legten sich in ihren Tageskleidern ins Bett. Dicht an dicht kuschelten vier von ihnen in einem Bett. Doch heute konnten sie lange nicht einschlafen, immer neue Fragen und Antworten fielen ihnen ein. Und sie wunderten sich sehr, dass sie vorher nie auf die Idee gekommen waren, das Frage-Antworten-Spiel zu spielen.

Warum die Großmutter mit dem Fragespiel nicht aufhören kann

Nachdem irgendwann doch Ruhe eingekehrt war, erhob sich die Großmutter, sie machte Joaquín ein Zeichen und winkte ihn heran. Schweigend folgte er ihr zur Straße.
»Was hast du vor?«
Unter einer Laterne nahm die Großmutter Platz. Hockte

sich auf eine niedere Mauer, die wie ein kranker Zahnstumpf aus einem verlassenen Grundstück herausragte.
»Was ist los, Großmutter?«, wiederholte Joaquín.
»Ich will dein Gesicht sehen, wenn du mir antwortest.«
»Willst du immer noch spielen?«
»Nein, jetzt wird ernsthaft gesprochen. Was ist, wenn morgen ganz andere Fragen auftauchen und du darauf nicht antworten kannst?«
»Ich kann immer antworten.«
»Das will ich prüfen. Also los: Wo ist dein Vater?«
»Das weißt du doch.«
»Aber ich will wissen, was du dem Weißen antworten wirst.«
»Du meinst, er stellt diese Frage?«
»Ich warte.«
War es nicht Abend, durfte er nicht müde sein? Joaquín war müde. Er gähnte. Tat es laut und mit zahlreichen Armbewegungen. Schließlich reinigte er sich mit einem Stöckchen die Ohren. Und dachte nach. Allerdings nicht über eine Antwort. Die Großmutter war heute Morgen mit ihm aufgestanden. Sogar vor ihm. Bestimmt aber hatte sie einen Mittagsschlaf gehalten. Ihre Kraft erschien ihm trotzdem unerschöpflich. Oder wollte sie ihn nur ärgern?
»Mein Vater ist tot«, brummt Joaquín.
»Weiter, mein Großer.«
Joaquín schluckte. Er wollte nicht darüber reden. Es war ihm peinlich. Es tat weh. Tränen drückten gegen seine Lider.

»Vor zwei Jahren wurde er erschossen. Weil er eine Kuh gestohlen hat. Der Besitzer der Kuh war wütend. Jetzt haben wir keinen Vater mehr und die Kuh haben wir natürlich auch nicht mehr. Der Besitzer hat sie gleich abgeholt. Nachdem sie Vater abgeholt haben. Wer Vater wirklich erschossen hat, wissen wir nicht. Es geschah in der Nacht. Sie haben ihn auf dem Heimweg überrumpelt. Die Polizei hat sich nicht wirklich gekümmert. Tatsache aber ist, dass mein Vater als Dieb überführt wurde. Er ist für uns, seine Familie, zum Dieb geworden. Das war nicht richtig. Aber auch nicht falsch. Der Besitzer der Kuh hatte ihn um seinen Lohn betrogen. Vater wollte, dass es uns gut geht. Er hat falsch gedacht und falsch gehandelt. Mehr gibt es dazu nicht zu sagen.«
Diese Nacht war sehr still. Noch nie war es auf der Dorfstraße stiller gewesen. Noch nie hatten die Affen und Nachteulen und Straßenhunde sich derart rücksichtsvoll verhalten. Als hätten sie alle Joaquíns Erzählung gelauscht und darüber das Atmen vergessen. Eine wundersame Erzählung war es ganz gewiss. Noch nie hatte Joaquín so über seinen Vater gesprochen.
Vor zwei Jahren war der Vater gestorben. Die zwei Jahre waren schnell vergangen. Immer noch hörte Joaquín den Vater singen. Er stand hinter dem Haus und summte ein Lied. Vom Fischen. Obwohl er nie ein Fischer gewesen war. Währenddessen fuhr die Vateraxt tief in einen Baumstamm hinein. Die Axt wurde in seiner Hand zu einer Zauberin. Sie zauberte den dicken Stamm entzwei.

Vielleicht war auch der Vater der Zauberer. Alle Möbel im Haus, die Stühle, die beiden Tische, die Betten, hatte der Vater geschreinert. Mit nichts als einer Axt, einer Säge, einem Hammer und einem Seemannslied und Nägeln zwischen und auf den Lippen.

Joaquín wischte sich die Tränen von den Wangen. Er hatte sie nicht zurückhalten können. Nachdenklich schaute er auf. Der Nachthimmel funkelte übermütig, trug seinen halben Mond wie eine Anstecknadel am Kleid.
»Schläfst du da oben auf der Mondsichel?«, flüsterte Joaquín. Es war keine ernstgemeinte Frage. Und doch: Warum antwortete der Vater nicht? Joaquíns Fußspitzen bohrten sich in den trockenen Sand. Die Schuhe hatte er bereits ausgezogen. Er wollte schlafen gehen. Doch im Augenblick konnte er nur an den Vater denken. Und dass er gerne noch einmal mit ihm reden würde. Der Himmel und der Vater aber antworteten nicht. Schickten nur einen kühlen Wind auf die Erde. Die Straße lag verlassen. Nur eine streunende Katze kam vorbei, schnüffelte, lief weiter. Die Wahrheit schämt sich, dachte Joaquín. Sie kommt nicht ans Tageslicht. Mein Vater ist auch gestorben, weil wir Campesinos von unserer Hände Arbeit nicht leben können, das hat Tio Pepe gesagt. Die Bananen, der Kaffee und unsere Fische werden zu billig verkauft. An Menschen in Nordamerika und in Europa. Menschen, die so viel Geld haben, dass sie ihren Kindern Geld in die Taschen stecken können. Taschengeld, Woche um Woche,

Monat um Monat. Ein paar Sterne nickten Joaquín zu. Sie hatten verstanden. Aber wo war dieser Gott? Wieso legte er seine Hände in den Schoß? Waren die Menschen, und damit vor allem die Eltern, vielleicht so etwas wie seine Sklaven, dazu verdammt, mit unendlicher Geduld seine Arbeit zu erledigen und seine Ideen zu verwirklichen? Die Ideen eines Träumers, der lieber zusah, statt selbst mitanzupacken.
In dem Augenblick hörte Joaquín das gleichmäßige Ein- und Ausatmen der Großmutter. Er hatte sie vergessen. Und sie ihn, war einfach eingenickt. Saß da, verkrümmt, ein Menschenpäckchen auf einer Mauer, die Hände im Schoß gefaltet. Ihre Unterlippe flatterte wie die Flügel eines Kolibris.
»Komm, Abuelita!« Joaquín stand auf, half der Großmutter auf die Beine.
»Was?«, wollte sie wissen.
»Wir gehen schlafen.«
Ein Zittern durchlief ihren Körper. Er musste sie stützen. Das war leicht. Die Großmutter wog nur wenig mehr als die Luft, die sie umgab.

Wie man feststellt, dass die Großmutter in die Zukunft schauen kann

Die Großmutter war eine Hellseherin. Ganz klar. Am nächsten Tag begrüßte ihn Peter. Wie am Vortag stellte er sein Handy auf, sobald Joaquín gefrühstückt hatte. Dann beobachtete er Joaquín. Wie man ein seltenes Insekt beobachtet. Dabei hatte er ihn schon während des ganzen Frühstücks so merkwürdig angeschaut. Und hatte nichts gesagt. Sagte auch jetzt nichts. Stellte keine Frage. Mit Insekten redet man ja schließlich auch nicht, wenn man sie unter der Lupe beobachtet.
Joaquín wurde noch ein bisschen wärmer. Er sah sich um. Keine Hilfe in Sicht. Er war mit Peter alleine. Wieder war Rosa mit dem Teufel und dessen Kindern unterwegs. Wieder hatte die Angestellte sich zurückgezogen, sobald sie abgeräumt hatte.
Schließlich hielt es Joaquín nicht mehr aus.
»Eine Antwort von mir steht noch aus.«
»Ich habe mir überlegt, dass wir heute anders an die Sache herangehen.«
»An welche Sache?«
»An die Befragung. Um dich besser kennenzulernen, werde ich dir sehr persönliche Fragen stellen, bist du damit einverstanden?«
Da war er wieder, einer dieser dummen Steinsätze. Abgeschwächter als gestern. Und doch gut zu verstehen. Natürlich war Joaquín einverstanden. Was sollte er tun,

wenn nicht? Sich einen anderen Gringo suchen, der ihn fürs Rumsitzen bezahlte? Joaquín nickte. Gab sich wortfaul. Peter aber hatte genau das Gegenteil erreichen wollen, denn er erläuterte: »Jetzt geht es nicht mehr darum, geizig zu sein. Du sollst erzählen. Nicht nur einen Satz pro Frage. Heute kannst du loslegen.«
»Warum?«
»Weil ich glaube, nein, weil Rosa gesagt hat, dass du ein verdammt guter Erzähler bist. Und ich mir überlegt habe, dass es schade wäre, dich abzubremsen.«
Darüber hätte Joaquín gerne eine Weile nachgedacht. Rosas Aussage glich einem Hühnerknochen, der langsam und genüsslich im Mund hin- und herbewegt werden wollte. Doch da kam sie auch schon, die erste Aufforderung.
»Erzähl, was macht dein Vater?«

Warum es besser ist, nicht alles zu erzählen

Die Großmutter, so viel stand fest, konnte in die Zukunft sehen. Das lag sicherlich an ihrem Alter. Wer so lange auf der Welt ist, ein Schildkrötenalter fast, der weiß nicht nur, was früher war, der ahnt auch, was kommen wird.
Joaquín setzte sich kerzengerade im Stuhl auf. Machte sich hart. Er war vorbereitet. Keine Träne sollte seine

Wangen feucht glänzen lassen. In ruhigem, fast sachlichem Ton berichtete er von der Axt und den Liedern des Vaters, dem verkauften Holz und den wunderbaren Möbeln. Erst ganz am Ende erzähle er die Geschichte von der Kuh, die gestohlen werden wollte und den Vater verführte.
An Peters Gesicht merkte er, dass dieser zufrieden war. Eifrig schrieb er mit. Vergaß zu trinken und sich zu wundern. Unmittelbar nachdem sein Stift sich ausruhen durfte, formulierte er die nächste Bitte: »Erzähl, wie sieht der Alltag deiner Mutter aus?«
»Meine Mutter kennen Sie doch.«
»Ihren Alltag aber kenne ich nicht.«
Das stimmte. Joaquín kam ein bisschen ins Straucheln. War es gut, dem Gringo alles zu erzählen? Von dem Mann, der in das Leben der Familie eingetreten war. Um gleich nach der Geburt von Nieves durch die Hintertür auszutreten. Nichts mehr hatte man seitdem von ihm gehört. Nur das Weinen der Mutter war geblieben, nachts, wenn sie dachte, dass alle schliefen. Manchmal redete sie auch mit Tia Gloria über ihre Sorgen. Daher wusste Joaquín, dass sie Nieves nur bekommen wollte, weil dieser fremde Mann einen Liebesbeweis von ihr verlangt hatte. Seine Mutter war auf diese Erpressung hereingefallen. Jetzt hatte sie noch ein Kind, um das sie sich kümmern musste. Und kein Mann weit und breit, der sie dabei unterstützte.
»Ich bin froh«, begann Joaquín, »dass meine Mutter sich nicht an einen neuen Mann bindet. Sie ist sehr stark. Und

sehr fleißig. Eine Ameisenkönigin. Auch wenn es für uns alle schwerer ist ohne einen Mann. So geht es uns doch recht gut. Ich will keinen Stiefvater haben. Viele Männer schlagen ihre Frauen. Und sie schlagen die Kinder.«
»Ich habe dich nicht nach den Männern gefragt«, unterbrach ihn Peter. »Erzähl von deiner Mutter.«
Joaquín sah auf. Schüttelte sich, als wäre er nass geworden. Wenn dir jemand sagt: Das musst du machen, nur dann bekommst du Geld. Es passt dir aber nicht in den Kram, wie er mit dir spricht, was machst du dann? Joaquín blieb nicht viel Zeit zum Grübeln. Er biss sich auf die Lippen. Es ist, entschied er, wie das Rezept für eine Tortilla. Mais, Salz und Wasser. Ganz einfach. Man gibt die Zutaten in die Schüssel hinein, wie erwartet. Dann knetet man, dann bäckt man, dann isst man. Einer wie ich hat keine Chance, ein neues Rezept zu erfinden. Und doch wusste er, dass er Rosas Vater diesen Ton nicht so leicht verzeihen würde.

»**U**nsere Mutter ist wie ein Tor oder ein schönes Haus. Mit Augen aus buntem Glas und einem Lachen, das jeden Besucher und jeden neuen Tag willkommen heißt. Nie schimpft unsere Mutter, nie wird sie laut. Selbst wenn das Essen anbrennt. Selbst wenn meine Schwestern etwas Dummes machen. Wenn ihr Lächeln versiegt, ist das Strafe genug. Unsere Mutter ist auch eine Quelle. Von ihr lernen wir. Was sie gelernt hat, gibt sie an uns weiter. Sie zeigt uns, wie man betet und wie man ein Huhn einfängt

und wie man einem Eichhörnchen das Fell abzieht. Nur Kokosnüsse kann sie weder ernten noch köpfen. Sie hat einmal versucht, eine Palme hochzuklettern. Da haben wir alle gelacht. Die Großmutter, unser Vater und wir Kinder. Unser Vater hat es ihr gezeigt.
»Die Zehen musst du spreizen«, hat er gesagt. »Und den Gurt, der dich mit dem Stamm verbindet, straff halten.« Sie hat es nicht geschafft.
Schließlich hat Vater das Seil um meinen Rücken gelegt und es verknotet. Die Palme und ich wurden Brüder. Stück für Stück habe ich mich mit dem Band hochgezogen. Und mit der Machete die Kokosnüsse heruntergeschlagen. Bei mir haben nur die Papageien gelacht. Und meine Mutter hat sich für mich gefreut. Sie braucht mich. Aber ich brauche sie auch. Denn sie ist es, die jeden Tag für uns kocht. Und wenn sie nur Reis und Bohnen zur Verfügung hat, streut sie viel Liebe dazu, damit alle satt werden.
Sie wäscht die Wäsche im See oder hinter dem Haus. Sie arbeitet schnell und doch hat sie viel Geduld. Ich denke, sie ist die beste Mutter, die man haben kann.« Joaquín seufzte, er war sich nicht sicher, ob Peter ihm glaubte.
»Meine Mutter ist zwei Jahre lang zur Schule gegangen. Wenn sie Zeit hat, setzt sie sich auf die unterste Verandastufe. Sie ruft uns. Das Lesen und Schreiben hat sie verlernt. Aber sie kennt alle Zahlen. Zahlen sind wichtig.«
»Buchstaben auch.«
Joaquín schwieg. Und Rosas Vater ließ ihn schweigen. Eine ganze Weile lang. Dann wollte er wissen.

»Wie viel kostet die Schule?«
»Die Schule kostet nichts. Aber man braucht eine Uniform. Und Stifte und natürlich Hefte und Bücher und Schuhe.«
»Und in der Zeit des Unterrichts kann man nicht arbeiten.«
»Richtig«, antwortete Joaquín, stand auf, griff nach der Tüte mit den Nahrungsmitteln und verabschiedete sich bis zum nächsten Tag.

Warum Entscheidungen immer schwierig sind

Sie kamen spätabends. Ein Ehepaar aus der Schweiz, wie Joaquín später erfuhr. Er groß und breit. Sie klein und dünn. Beide trugen Regenbekleidung. Wasserabweisende, blaue Jacken. Dabei regnete es kein bisschen. Zwei Taschenlampen hatten ihnen den Weg zum Haus der Villas gezeigt. Die Taschenlampen klebten wie Heiligenscheine an der Stirn. Ein Gummiband hielt sie an den Köpfen fest. Joaquín lachte nicht. Obwohl die beiden wirklich komisch aussahen. Für ihn sahen sie nicht nur komisch, sondern auch fremd aus, als wären sie gerade mit einem Raumschiff auf Ometepe gelandet.
Die beiden wollten wissen, sie hätten gehört, jemand hätte gesagt, ob sie denn richtig wären?

»Und bitte entschuldigen Sie die späte Störung.«
Nur die Frau sprach, sprach gebrochenes Spanisch. Der Mann schwieg. Die Frau hätte auch Chinesisch sprechen können. Denn Joaquín verstand zwar die Worte, nicht aber den Sinn ihres Gestammels.
»Wie bitte?«, hakte er freundlich lächelnd nach.
»Wir suchen einen Guide.«
»Wofür?«
»Na, für diesen Vulkan. Wie heißt er wieder?« Hilfesuchend drehte sich die kleine Frau mit der blauen Regenjacke zu ihrem großen Mann mit der blauen Regenjacke um.
»Madras.«
»Madras«, wiederholte die Frau.
»Sie meinen Maderas, den erloschenen Vulkan?«
»Ja, so heißt er wohl. Es gibt ja nur zwei. Also, auf den erloschenen und bewaldeten, da wollen wir hoch. Wir brauchen einen Guide. Die Frau im Supermarkt hat gesagt, hier gibt es einen guten Guide. Bist du das?«
Joaquín streckte sich. Wurde groß und größer. Und war bald so groß wie die kleine Frau.
»Ich und meine Mutter. Wann wollen Sie denn gehen?«
»Morgen früh.«
»Morgen geht es leider nicht, ich ...«
Joaquín kam nicht dazu, den Satz zu beenden. Denn plötzlich sprach er zu einem Rücken. Die kleine Frau mit der blauen Regenjacke hatte sich umgedreht. Ihr Mann tat es ihr gleich. Füße wurden angehoben. Die beiden wollten

gehen. Einfach so. Dabei hatte Joaquín mit seinen Verhandlungen noch gar nicht begonnen.
»Wie viel bezahlen Sie?«, rief er aufgeschreckt. Seine Stimme lockte die Großmutter an die Tür. Auch die Mutter war nochmals aufgestanden. Trat nun mit der Petroleumlampe nach draußen.
»Das musst du mir doch sagen«, antwortete die kleine Frau. »Wir zahlen, was du und deine Mutter verlangen.« Das war ein erstaunlicher Satz. Solch einen Satz konnte man nicht ignorieren.

Warum Flexibilität wichtig ist

Am nächsten Morgen also musste Joaquín früher als früh aufstehen. Er musste sich waschen, etwas essen, er musste zum Supermarkt rennen, er musste lügen und behaupten, es ginge um Leben und Tod, er musste sechs Cordoba bezahlen, damit er telefonieren konnte, er telefonierte. Im Haus von Don Alonso ging das Küchenmädchen dran.
»Bei Familie Alonso, Elisea Maria Potarde am Apparat.«
»Hier Joaquín. Kann ich mit Señor Peter sprechen?«
»Du meinst Señor Hein.«
»Ja, den meine ich.«
»Der schläft. Und seine Tochter auch. Junge, es ist fünf Uhr.«

»Und wie lange schlafen sie noch?«
»Bist du dumm? Woher soll ich das wissen?«
»Aber Sie können ihm bestimmt etwas ausrichten, nicht wahr, bitte.« Und er wiederholte seine Bitte.
Ja, sie würde die Nachricht an Señor Peter Hein weiterleiten. Ja, ganz bestimmt.
»Das dürfen Sie nicht vergessen«, betonte Joaquín. »Sonst bin ich meine Arbeit los.«
»Ich bin nicht taub. Du hast mir das jetzt dreimal gesagt. Hältst du mich für schwerfällig?«
»Nein.«
»Na also, ich sage ihm, dass du heute nicht kommst.«
»Ich komme morgen.«
»Alles klar, du kommst morgen.«

Auf dem Heimweg stolperte Joaquín mehrmals. An der Dunkelheit lag es nicht. Joaquín war es gewohnt, sich ohne künstliches Licht zurechtzufinden. Aber der Schlaf hing wie ein Mühlstein an seinen Beinen. Auch die Straße schlief, dazu alle Katzen und alle Hunde. Ein Meer aus Stille umgab das Dorf.
Wenn das mal gut geht, seufzte Joaquín auf dem Heimweg. Hätte ich nicht doch besser auf den Auftrag als Guide verzichten sollen? Hätte ich die Mutter nicht doch besser alleine schicken sollen? Vielleicht, vielleicht auch nicht. Man sollte jeden Tag mindestens zweimal leben dürfen. Einmal mit der einen, einmal mit einer anderen Entscheidung. Dann weiß man, welche Entscheidung richtig war.

Was, wenn Peter enttäuscht ist? Was, wenn Peter mehr als enttäuscht ist? So richtig verärgert. Also, ich wäre verärgert.

Vor lauter Aufregung hatte Joaquín vergessen, dass er nicht nach Hause zurücklaufen sollte. Er musste ein Taxi besorgen. Nur gut, dass Tio Robert und sein Wagen direkt neben dem Supermarkt wohnten. Rasch rannte er zurück, umrundete den Supermarkt und klingelte am Nachbarhaus Sturm. Gestern war es zu spät gewesen, um alles vorzubereiten. Jetzt konnte er nur hoffen, dass Tio Robert keinen Auftrag hatte und ihn und das Schweizer Ehepaar bedienen würde. Erneut klingelte er. Dann, als sich niemand regte, klopfte er an die gelbe Haustür. Nach einer Weile öffnete sich der Holzladen eines Fensters. Ein verschlafener Tio Robert schaute heraus. Im Hintergrund konnte man seine Frau schimpfen hören.
»Es ist wichtig«, verteidigte sich Joaquín. »Ein Auftrag. Los, steh auf, Onkelchen. Du und ich, wir müssen arbeiten. Wir sollen im Hotel *Plaja Paradiso* ein Paar abholen. Sie wollen heute aufsteigen. Das Wetter ist gut. Sie warten auf uns. Und bezahlen, was du willst.«
Die Zauberworte taten ihre Wirkung. So, wie sie gestern ihre Wirkung getan hatten. Keine fünf Minuten später stand Tio Robert vor der Haustür und klimperte mit dem Autoschlüssel. Er war nicht rasiert, war nicht gekämmt, aber angezogen. Alles schien in Ordnung. Nur im Hintergrund hörte man immer noch seine Frau schimpfen.

Sie holten die Mutter ab. Sie fuhren zum Hotel *Plaja Paradiso*. Aber niemand wartete auf sie. Im Gegenteil, jetzt mussten sie warten. Die Schweizer hatten verschlafen. Joaquín bekam von Tio Robert eine Kopfnuss.
»Welche Uhrzeit hast du mit ihnen ausgemacht, du dummer Junge?«
»Trau dich nicht noch einmal, mein Kind zu schlagen«, schimpfte die Mutter und drängte sich zwischen Joaquín und den Taxifahrer.
»Ist ja gut. Also, welche Uhrzeit?«
»Halb sechs. Und jetzt ist es Viertel vor sechs.«
»In welcher Sprache?«
»Wir haben Spanisch gesprochen, was sonst.«
»Die Schweizer haben die besten Uhren der Welt. Dass sie verschlafen, kommt nicht vor.«
»Wie kannst du so einen Schwachsinn erzählen, Robert Manuel Oreja?«, eiferte sich die Mutter. »Hast du Tomaten auf den Augen? Du siehst doch, sie sind nicht da.«
Der Nachtwächter ging los, um das Paar zu wecken, und er kochte Kaffee für die Wartenden. Tio Robert beruhigte sich. Die Mutter seufzte und tat sechs Stück Zucker in den Kaffee.
Allein dafür hätte das frühe Aufstehen sich gelohnt, sagte sie und lehnte sich in einem Schaukelstuhl zurück.

Eine Stunde später erreichten sie den Ausgangspunkt. Das Pärchen stieg aus. Trotz des guten Wetters trugen sie Regenjacken. So blau wie das Wasser des Nicaraguasees.

Auch Stöcke hatten sie dabei, wie Skifahrer sie benutzen. Joaquín hatte einmal ein Skirennen im Fernsehen gesehen. Ihre Rucksäcke waren gigantisch, eine Hängematte, Verpflegung für mehrere Tage und reichlich Trinkwasser hätten darin Platz gefunden. Aber sie erklärten, dass sie vor allem warme Anziehsachen eingesteckt hätten.

Es wurde eine Abholzeit vereinbart, dann begann der Aufstieg. Tio Robert fuhr zurück. Die kleine Schweizerin und der große Schweizer sahen müde aus. Joaquín hatte sie überreden müssen aufzustehen. Dann gehen wir eben morgen, hatten sie zunächst durch die Zimmertür hindurch vorgeschlagen. Doch so ging das nicht. Ausgemacht war ausgemacht.

»Wo sind wir hier?«, wollte die kleine Frau nach einer Weile wissen. Ihr Gesicht hatte sich vor Anstrengung rot verfärbt, feuerrot, wie ihre Chilihaare.

»Auf einer Kaffeeplantage. Das hier ist Privatbesitz«, erklärte Joaquíns Mutter.

»Wo soll hier Kaffee sein?«

Joaquín zeigte ihr die Sträucher.

»Aber Kaffeebohnen sind schwarz.«

»Nur, wenn sie geröstet sind. Diese Beeren sind noch nicht reif. Sie müssen sich rot verfärben.«

»Warum sind so wenige Früchte am Strauch?«

»Überhaupt nicht wenig«, verteidigte Joaquín die Pflanzen. »Ein Strauch schenkt seinem Besitzer fast ein halbes Kilo Bohnen. Manchmal auch mehr.«

Die kleine Schweizerin und der große Schweizer wussten

rein gar nichts. Sie kannten die Namen der Bäume nicht, sie kannten die Namen der Tiere nicht. Alles musste Joaquín ihnen erklären. Das sind Kapuzineraffen und das sind Brüllaffen. Und das ist ein Annattostrauch und das ein Ojochebaum.

»Und diese grünen Würste?«

»Das sind Kakteen. Die wachsen lieber auf Bäumen als hier unten. Der Ziegen wegen vielleicht.«

Eine Schar Papageien flog auf. Sie schrien wild durcheinander und machten einen unglaublichen Lärm. Doch die beiden Schweizer waren begeistert.

»Loros«, erläuterte Joaquín.

Die immerhin schienen sie zu kennen. Der Aufstieg dauerte lange. Trotz der Stöcke kam das Pärchen nur schlecht voran. Immer wieder rutschten sie auf dem lehmigen Boden aus. Hier oben hatte es geregnet. Wasser, das sonst rasch versickerte oder verdunstete, machte sich einen Spaß daraus, den Wanderweg in ein Flussbett zu verwandeln.

Die Mutter stöhnte. Es war spät geworden. Bald würde die Sonne ihre volle Kraft entfalten, sie würde den Hang zum Kochen bringen, sie würde die Wanderung erschweren. Doch dann kam alles ganz anders.

Wie aus dem Nichts legten sich schwere Wolken über den Urwald. Die Brüllaffen verstummten. Die Papageien kehrten von ihrem Ausflug zurück und ließen sich in den Baumkronen nieder. Kein Mucks mehr war von ihnen zu hören. Die Blütenkelche der Hibiskussträucher, eben

noch leuchtend rot, der Sonne zugewandt, verschlossen sich. Und der Wind brachte einen neuen Geruch mit. Irgendwo brannte es. Regen und Feuer fielen übereinander her. Nun kamen sie doch wieder, die Geräusche. Die Affen brüllten, die Vögel kreischten, Echsen sprangen von den Bäumen und flüchteten. Die kleine Schweizerin redete jetzt ohne Unterlass. Stellte zahllose Fragen. Redete so schnell, dass ihr Spanisch nicht mehr zu verstehen war.
»Wir kehren um«, entschied die Mutter.
»Aber werden sie uns bezahlen?«, fragte Joaquín besorgt.
»Natürlich, wir können ja nichts dafür.«

Wie Ungerechtigkeit aussieht?

Alles ging gut. Nach einem mühsamen Abstieg erreichten sie wieder die Straße. Der Regen hielt an. Wo das Feuer loderte, konnten sie immer noch nicht sehen. Aber sie hofften, dass der Regen stark genug war, um als Sieger hervorzugehen. Von einem Kiosk aus riefen sie Tio Robert an. Er sollte sie abholen. Das Schweizer Pärchen war erleichtert. Sie luden Joaquín und seine Mutter zu einer Cola ein. Doch für den Aufstieg wollten sie nicht bezahlen.
»Wir haben die Tour ja nicht gemacht«, sagte die kleine Frau. Und ihr Mann nickte.

»Wir haben die Spitze des Vulkans nicht erreicht. Und den Kratersee nicht gesehen.«

»Aber wir sind seit halb fünf Uhr auf den Beinen«, protestierte Joaquín. »Geben Sie uns wenigstens den halben Lohn.«

»Bestimmt bekommen Sie einen Anteil an der Taxifahrt. Lassen Sie sich von dem Taxifahrer bezahlen«, schlug der große Schweizer vor. Plötzlich konnte er Spanisch reden. Tio Robert aber war auf ihrer Seite. Er weigerte sich, die beiden Gringos zum Hotel zurückzufahren.

»Wenigstens die Hälfte der ausgemachten Summe müssen Sie bezahlen«, forderte er von dem Pärchen. Murrend bezahlten sie. Doch der Aufwand hatte sich für Joaquín und seine Mutter nicht gelohnt. Viel zu viele Stunden hatten sie für wenig Geld geopfert. Joaquín versuchte seine gestrige Entscheidung wiedergutzumachen, indem er so rasch wie möglich zur Hazienda von Don Alonso rannte. Vielleicht konnte er doch noch für Peter arbeiten, obwohl es bereits Mittag war. Außerdem war sein Magen leer und verlangte nach Nahrung.

Doch als er durchnässt und dreckig auf der Hazienda ankam, war Peter Hein nicht da.

»Er macht einen Ausflug«, sagte die Haushaltshilfe. »Das Kindermädchen hat gesagt, du hättest gesagt, du würdest übermorgen wiederkommen.«

»Nein, morgen.«

»Also gut, dann morgen. Ich werde es ausrichten. Aber jetzt musst du gehen. Ich habe zu tun.«

»Gibt es nichts zu essen?«
»Sei nicht unverschämt. Du bist heute nicht zur Arbeit erschienen. Wie soll es da etwas geben? Sehe ich aus, als könne ich die Welt verwöhnen?«
Nein, gestand Joaquín sich ein. So siehst du nicht aus. Du bist selbst ein Bleistift. Deine Beine sind dünn wie Bleistifte und stehen so weit auseinander, dass man dazwischen Fußball spielen könnte.
»Ich komme morgen.«
»Du kommst morgen.«
»Und ich lasse mich von nichts und niemandem mehr ablenken.«
»Ist gut, Joaquín. Geh jetzt, ich habe zu tun.«
»Aber ich könnte dir doch helfen, wenn ich schon da bin. Für eine oder zwei Brotscheiben.«

Wie aus Stunden Tage und aus Tagen fast eine Woche wird

Die Tage verflogen. Jeden Vormittag ging Joaquín den weiten Weg zum Frühstücken. So nannte er seine Treffen mit Peter. Und alle seine Schwestern und Freunde beneideten ihn. Wegen des Frühstücks und wegen der guten Bezahlung. Obwohl er das Geld nie zu sehen bekam.
»Bis bald, ich gehe jetzt frühstücken«, verabschiedete er sich jeden Morgen. Und dann lachte er. Und die kleine

Marimar weinte, denn sie verstand den Spaß nicht. Jeden Mittag kehrte er heim. Jeden Nachmittag suchte er sich Arbeit. Zeit zum Spielen blieb nicht mehr. Aber das war nicht schlimm. Seine Freunde sah er zumeist, wenn sie auf dem Weg zur Nachmittagsarbeit waren. Irgendwo im Dorf begegnete man sich. Wenn Pablo die Pferde von Don Roberto zum See trieb. Oder von Hostal zu Hostal lief, um seine Bonbons und Nüsse anzupreisen. Er traf José, wenn dieser zur Schule schlurfte. Er war der einzige von Joaquíns Freunden, der an den Nachmittagen am Unterricht teilnahm. Seine Eltern besaßen sogar einen Fernseher.
Am liebsten arbeitete Joaquín auf der Hazienda Granada. Bei Tio Carlos. Die Arbeit auf der Kaffeeplantage war hart. Aber wenn er bei der blinden Doña Galán mit dem Schnauzbart arbeitete, bekam er nur Obst und Gemüse als Lohn. Und man musste höllisch aufpassen, dass die Ware nicht angefault war. Leider gab es in der Trockenzeit nicht genügend Arbeit auf der Hazienda Granada. Deshalb ging er zu Doña Galán.
»Kann ich helfen?«
»Immer, mein Kleiner.« Ihr Schnurrbart vibrierte.
»Was kannst du mir geben?«
»Bananen.« Wie ein General stemmte sie die Hände in die breiten Hüften.
»Für Bananen arbeite ich nicht. Wir haben selbst welche.«
»Dann eben Yucca und ein bisschen Mais.«
Das ist in Ordnung, entschied Joaquín. Die kartoffelähn-

liche Pflanze ließ sich gut im Schatten lagern und musste nicht sofort verarbeitet werden. Den Mais würden sie am Abend über dem offenen Feuer braten.

Doña Galán war groß und stark, erinnerte an einen Felsen, den niemand und nichts bewegen konnte. Alt war sie noch nicht, sah aber aus wie jemand, der schon hundert und mehr Jahre auf der Erde lebte. Manchmal sah sie sogar wie jemand aus, der unter der Erde hauste. Weil sie sich selten wusch und die Erde über alles liebte. Den ganzen Tag durchpflügte sie ihren Garten. Morgens, mittags und abends klebte brauner Lehm an ihrem Körper. An den Armen, den Beinen und im Gesicht. Sogar ihr Schnurrbart war verklebt. Der Garten liebte seine Herrin und schenkte ihr so viel Obst und Gemüse, dass sie einen Verkaufsstand an der Straße eingerichtet hatte. Ab und zu kaufte sie bei anderen Bauern ein. Melonen und Kürbisse zum Beispiel, die sehr viel Platz benötigten. Dabei war ihr Garten riesig. In mehreren Etagen wuchs das Gemüse. Kein noch so kleines Plätzchen blieb ungenutzt. Obwohl Doña Galán von Kindheit an blind war, ging ihr die Arbeit schnell von der Hand. Die Hände, ihre Nase und ihre Ohren konnten die Augen dennoch nicht immer ersetzen. Manchmal merkte sie nicht, dass sie statt des grünen süßen Paprikas scharfen roten verkaufte. Dann beschwerten sich die Kunden. Oder sie verwechselte Andenbeerenpflänzchen mit Tomatenpflänzchen und musste das Beet neu bestellen.

Im Garten sein und am Straßenrand stehen konnte sie

nicht zur selben Zeit. Daher beauftragte sie jemanden aus ihrer Familie mit dem Verkauf. Doch selbst ihre Nichten und Neffen mochten nicht für sie arbeiten, denn sie war geiziger als geizig. Daher durfte Joaquín einspringen. Bevor sie den Stand an ihn übergab, kontrollierte die alte Hexe alles. Nicht nur das Wechselgeld. Sie zählte jede einzelne Banane, jede Kartoffel. Es war schwer, auch nur eine kleine Zwiebel verschwinden zu lassen.

Wenn die Alte weg war und keine Kunden bedient werden wollten, ging Joaquín hinter den Schuppen. Dort lag, zwischen weggeworfenem Plastikmüll und Blechdosen, nicht verkaufsfähige Ware. Bedienen durfte er sich nicht. Das wusste er. Aber war eine matschig gewordene Mango in seinem Bauch nicht glücklicher als hier, auf der Müllhalde? Immer ließ er die Früchte entscheiden und die nickten jedes Mal. Vorsichtig begutachtete Joaquín den Ausschuss und steckte nur ausgewählte Früchte und Gemüsepflanzen in seine Plastiktüte. Er musste absolut leise sein. Doña Galán hörte jede Katze seufzen. Selbst wenn diese Katze zweihundert Meter entfernt in einem Schuppen eingeschlossen worden war. Nach erfolgreicher Tat trug Joaquín die Tüte zur Bushaltestelle. Und hoffte, dass sie am Ende seiner Arbeitszeit noch dort stand.

Heute aber gab es nichts zu holen, das sah er sofort. Eine Affenherde musste sich bedient haben, denn nicht eine einzige Banane war zu entdecken, kein noch so schrumpeliger Rettich.

Daher versuchte er es mit einem alten Trick. Als Doña Galán kam, um die Kasse und das Gemüse zu kontrollieren und ihm seinen Lohn, zwei Kilo Yucca und drei Maiskolben zu geben, sagte er wie nebenbei: »Heute ist übrigens mein Geburtstag.«
»Ach, schon wieder?«
»Ja, schon wieder ist ein Jahr um.«
»Die Zeit geht nicht mit mir, Hand in Hand, sie jagt über mich hinweg. Wie ein Düsenflugzeug, verstehst du. Saust einfach über mich drüber.« Ein tiefes Seufzen war zu hören. Und ein Schnurrbart vibrierte ungläubig. Doch schließlich lächelte Doña Galán, holte eine Tüte und steckte ein paar Früchte und vier Zuckerstangen hinein.
»Nächste Woche ist aber hoffentlich nicht schon wieder ein Jahr um.«
»Ganz sicher nicht«, versprach Joaquín.
Und trotzdem feiern wir bald ein Fest, grinste Joaquín auf dem Nachhauseweg. In zwei Tagen bereits. Dann hat Mutter tausend Córdobas eingenommen. Durch meine harte Frühstücksarbeit. Genug Geld, um Dolores für ein Jahr in die Schule zu schicken. Ich muss nur noch zwei Tage frühstücken. Und wie schön wäre es, wenn Rosa sich endlich zu uns gesellen würde. Sie kann doch unmöglich jeden Tag etwas Wichtigeres zu tun haben, als mir zuzuhören.

Warum Kriege
lange Schatten werfen

Auch am nächsten Tag war ihm das Aufstehen schwerer als schwer gefallen. Nur gut, dass die Großmutter keine Gnade kannte und ihn heftig wachrüttelte.
»Los, mein Junge. Es ist Zeit. Es wird warm.«
Jemand hatte den Wind eingesperrt. Joaquín musste auf seinem Weg zur Finca die staubige Luft selbst zur Seite stoßen. Wolken verdeckten die Sonne, färbten die Landschaft mit grauer Farbe ein. Alle, Tiere wie Menschen, hofften auf anhaltenden Regen. Damit die Bäume wieder knospen, damit das Gras wachsen konnte und die Rinder Futter fanden. Dünn standen sie hinter dem Stacheldraht, den Kopf hielten sie gebeugt. Um irgendetwas zu tun, käuten sie Luft wieder. Joaquín warf ihnen aufmunternd ein paar Sätze zu: »Heute Mittag kommt der Regen, Amigos, Freunde. Wenn wir Glück haben, regnet es einen ganzen Monat lang. Oder noch länger. Habt noch etwas Geduld.« Er lachte. Lachte laut über ihre langen Gesichter. Seine Gedanken hatte er laut ausgesprochen, weil er glaubte, allein zu sein. Doch unvermittelt sprang der verrückte Potti aus dem Gebüsch, sprang wie ein Frosch auf die Straße. Mit angewinkelten Beinen. Sein Strohsombrero ruckelte, blieb aber zwischen dichten Haaren hängen. In der erhobenen Hand schwang er eine Machete. Das lange Messer war nicht das Problem, wohl aber Pottis Kopf. Er hatte ein Loch im Kopf. Jeder wusste

das. Jeder wusste, dass dieses Loch, oder was darunter war, auf irgendeinen Nerv in seinem Gehirn drückte. Mal fester, mal weniger fest. An manchen Tagen war Potti ziemlich normal. An manchen ging man ihm besser aus dem Weg. Joaquín beschloss, kein Risiko einzugehen. Er wechselte die Straßenseite. Er schaute sich um. Ist da jemand, der mir im Notfall zu Hilfe eilen kann? Leider nein. Verflixt, wer hat Potti die Machete geliehen? Joaquín änderte seinen Plan. Es hatte keinen Sinn, so zu tun, als hätte er Potti nicht bemerkt. So dumm war der Mann nicht. Leider. Manchmal ist es besser, ganz strohdumm zu sein, vermutete Joaquín. Potti aber weiß, dass er früher ein Kämpfer war, ein Comandante, ein kommandierender Widerstandskämpfer. Er ist gegen die Contras angetreten und dabei schwer verwundet worden. Für ihn aber geht der Krieg immer noch weiter.
»Hola, Tio Potti. Wo ist die Bananenstaude, die mit der Machete geerntet werden wollte? Hast du sie vergessen? Liegt sie noch im Gebüsch? Geh hin und such sie. Potti, hörst du mich?«
Ja, Potti hörte. Und die Worte hatten etwas erreicht. Er war jetzt ganz durcheinander. Bananenstaude, schien er zu denken, habe ich etwas vergessen? Was wollte ich gerade tun?
Verwirrung spiegelte sich in dem zerkratzten und von Staub verkrusteten Gesicht. Das war gut. Joaquín wiederholte seine Sätze. Obwohl seine Stimme zitterte. Aber nicht sehr. Er war kein ängstlicher Junge. Nur vorsichtig.

Besser, er tat so unbeteiligt wie möglich. Besser, er ging so rasch wie möglich weiter. Das schien zunächst zu klappen. Potti war im Gebüsch verschwunden. Man hörte ihn scharren.
Doch dann näherten sich erneut Schritte und Joaquín drehte sich um. Der verrückte Kopf hatte es sich anders überlegt, einen Befehl an die Beine gegeben, die eilten nun Joaquín hinterher.
»Halt! Bleib stehen! Ich weiß, wohin du willst. Hast es eilig, nicht wahr? Heute ist dein Tag. Dein Sieg. Sie wartet auf dich.«
Wie ein Säbel bohrte sich die schrille Stimme in Joaquíns Kopf. Ein Sieg interessierte ihn nicht. Wohl aber das kleine Wörtchen *sie*.
»Wer ist sie?«, wollte er wissen und blieb stehen. Vergessen war alle Vorsicht. Dabei ahnte er es längst. Der Verrückte war gar nicht so verrückt. Hatte ihn beobachtet und durchschaut. »Wer ist sie?«, wiederholte er.
Doch Potti hatte erneut den Faden verloren. Erklärte nichts, sondern verlangte nach etwas zu essen. Kraftlos hing seine Machete herab.
»Ich habe nichts, wirklich.« Rasch griff Joaquín in seine Hosentaschen, stülpte die weißen Innenseiten nach außen. Angst vermischte sich mit Mitgefühl.
»Schau, nichts drin. Null Komma null, nichts.«
Potti schaute betrübt und Joaquíns Mitleid mit dem Mann wuchs. Mit einem Mann, der einmal lesen und schreiben konnte. Der eine ganze Kompanie angeführt

hatte. Der für die Freiheit Nicaraguas gekämpft hatte. Auch für die Freiheit jeder einzelnen Bauernfamilie.
Kriege werfen lange Schatten. Fast dreiundzwanzig Jahre war das jetzt her. Und Potti war nicht zu helfen. Das Loch in seinem Kopf würde bleiben. Der ehemalige Kämpfer hatte sich umgedreht und war wieder ins Gebüsch eingetaucht. Suchte dort nach Bananen. Oder nach was auch immer.
»Mach's gut, Potti«, seufzte Joaquín, dann rannte er los. Sein Herz war schnell. Konnte von einer Sekunde auf die nächste fliegen und singen. Sie wartet, sang es.

Warum sich Geduld lohnt

Endlich. Joaquíns Geduld war auf eine harte Probe gestellt worden. Aber hatte er nicht von sich selbst behauptet, geduldig zu sein. Diese Aussage galt es zu beweisen. Täglich hatte er sich nach Rosa erkundigt. Täglich musste er zur Kenntnis nehmen, dass sie weder auf ihn gewartet hatte noch früher zurückgekehrt war, um ihn zu sehen. Auch beim Haus der Großmutter war sie nicht aufgetaucht. Sie hatte ihn vergessen und eigentlich dachte er, er hätte sie auch vergessen.
Aber dann fanden ihn Pottis Worte. Und es war klar: Seine Ohren hatten nur darauf gewartet. Viel schneller als sonst war er am Ziel. Fast mühelos eilte er den Hang

des Vulkans hinauf. Keine Mangos, nach denen man sich bücken konnte, hielten ihn auf. Keine Schlange entfachte seine Neugierde.
Und wo saß sie? An dem Tisch, an dem sonst ihr Vater saß und mit der Morgenzeitung vor der Nase auf ihn wartete. Und was tat sie? Nein, sie las nicht. Sondern schaute ihm entgegen. Wie man einem lang ersehnten Bus entgegenschaut. Hoffend, dass er bald kommen möge. Sie stand sogar auf, ihre Haare leuchteten wie ein gelber Blumenkranz und sie lachte ihn an. Trug ein ganz neues Gesicht. Ein fröhliches, erwartungsvolles. Glück rauschte durch Joaquíns Adern. Er fühlte sich, als hätte eine unsichtbare Hand die weißen Blüten des Sacuanjochebaums auf seinen Weg gestreut. Joaquín lief federleicht, er schwebte.
Als er das Mädchen erreicht hatte, brachte er jedoch kein Wort hervor. Nicht das allerkleinste Hola.
»Heute musst du mit mir vorliebnehmen«, sprach sie ihn an. »Mein Vater kann nicht kommen. Er ist mit dem Patron weggefahren.«
»Ach.«
»Was ach?«
»Ist nicht schlimm.«
»Beruhigend zu wissen. Ich hatte gehofft, du würdest dich freuen, mich wiederzusehen.«
»Klar, warum nicht?«
Es war sogar sehr schön, dass sie endlich Zeit für ihn hatte. Doch wie nur sollte er seine Freude in Worte fassen?
»Was hast du denn die ganze Zeit über gemacht?«,

brummte Joaquín und vergaß, dass sich Freude anders anhört.

Rosa setzte sich wortlos, griff nach Papier und Stift. Ihr Lachen war verschwunden, als hätte es jemand gestohlen.

»Willst du erst frühstücken oder beginnen wir gleich mit der Arbeit?«

Plötzlich war sie sehr streng. Wie Lucia so streng, eine Angestellte auf dem Postamt, die von jedem den Ausweis verlangte. Obwohl sie doch jeden im Dorf und drum herum seit Kindesbeinen kannte. Nur gut, dachte Joaquín, dass Rosa mich nicht nach meinem Ausweis fragt. Das fehlte noch.

»Natürlich frühstücken«, antwortete er rasch. »Welche Frage. Du weißt doch, dass ich immer Hunger habe. Hast du extra auf mich gewartet?«

»Hm«, machte sie und schob das Papier wieder weg.

Frühstücken ging einfach. Joaquín musste nicht reden. Er bestrich ein Toastbrot nach dem anderen, erst mit Butter, dann mit Marmelade. Wie er es gelernt hatte. Er aß nicht zu schnell. Aber reichlich. Wie immer. Rosa hingegen aß nur ein paar Früchte und etwas, das sie Müsli nannte. Während des ganzen Frühstücks blickte er in einen kristallklaren See. Ihre Augen waren frisch poliert, strahlten. Rosa erzählte begeistert von einer Wanderung auf den Vulkan Maderas, von Erlebnissen mit einer Affenherde und ihrem Einsatz auf der Kaffeeplantage. Joaquín hatte nichts zu erzählen. Ihm war nicht viel Aufregendes

passiert. Das war nicht schlimm. Es machte ihm Spaß, ihr zuzuhören. Doch als der Name von Don Alonsos Sohn, Antonio, zum dritten Mal genannt wurde, platzte ihm der Kragen.
»Du hättest auch mit mir gehen können. Ich habe vor wenigen Tagen zwei Touristen auf den Vulkan begleitet und gute Stellen, an denen Blattschneiderameisen leben, kann ich dir haufenweise zeigen.«
»Nächstes Mal«, winkte Rosa ab. Warf seine Eifersucht wie ein altes Taschentuch weg. »Fangen wir jetzt an? Ach, ich muss dir noch etwas zeigen.« Rosa fischte einen großen Block unter dem Tisch hervor, klappte ihn auf. Farbenprächtige Tukane kamen zum Vorschein. Auf der nächsten Seite Schmetterlinge und einzelne Blüten. Schließlich Ameisen, die große gezackte Blätter transportierten. Die Blätter waren doppelt so groß wie die Ameisen selbst.
»Wer hat das gemalt?«, fragte er.
»Ich«, erklärte sie stolz.
»Du kannst wunderbar malen.« Noch nie hatte Joaquín so schöne Bilder gesehen.
»Willst du mich auch malen?«
»Will ich?«, lachte sie ihn an. »Vielleicht, wenn wir fertig sind. Ich male dich und du malst mich.«
»Ich kann nicht«, protestiert er. Und er dachte: In unserem Haus gibt es Stifte. Aber keinen einzigen Zeichenblock.
»Kann nicht jeder malen?«
»Ist das die erste Frage?«

»Nein, natürlich nicht. Ich stelle auch gar keine Fragen. Papa hat gesagt, du sollst erzählen. Er hat gesagt, der Nicaraguasee ist Joaquíns Tellerrand. Bestimmt kennt er die Legende von der Entstehung der Insel Ometepe.«
»Der Nicaraguasee ist mein Tellerrand? Was bedeutet das?«
Noch während er die Frage stellte, versteifte sich Joaquín. Denn obwohl er die Aussage nicht verstand, sträubten sich seine Nackenhaare.
»Dass du nie gesehen hast, wie es dahinter aussieht. Du weißt ja nicht einmal, wo Deutschland liegt.«
Die Versteifung führte dazu, dass sich sein Rücken immer weiter aufrichtete. Stolz wie ein König saß Joaquín da. Blickte auf seine Freundin herab.
»Und weil du das weißt, hast du keinen Tellerrand? Dein Rand ist vielleicht größer. Aber ist er deshalb schöner? Ist Deutschland schöner als unsere Insel Ometepe?«
»Kennst du die Legende nun, ja oder nein?«

Warum Legenden neu erfunden werden dürfen

Joaquín war froh, dass in diesem Augenblick die Hausangestellte kam und den Tisch abzuräumen begann. Tellerrand, dachte er. Was ist schlimm daran, dass man auf dem schönsten Teller der Welt lebt? Und eine Legende

will sie hören. Darf ich nachfragen, welche? Oder hält sie mich dann für dümmer als dumm? Die Legende von der Entstehung der Insel Ometepe hatte ihm die Großmutter vor ewig langer Zeit erzählt. Er erinnerte sich an eine schöne Liebesgeschichte. Zwischen einer Indianerprinzessin und ihrem Geliebten. Die beiden versprachen sich, für immer und ewig zusammenzubleiben. Sie liebten sich sehr, doch sie durften nicht heiraten. Denn sie gehörten verfeindeten Stämmen an. Blut floss und daraus war der Nicaraguasee entstanden. Auch in Joaquíns Adern fließt Indianerblut. Und jetzt schämte er sich, dass er so wenig über seine Heimat wusste. Die unglückliche Geschichte bekam er nicht mehr zusammen.
»Warum willst du das wissen?«, fragte er, um Zeit zu gewinnen.
»Für dich wiederhole ich mich gerne. Kennst du die Legende nun, ja oder nein?«

Dieses Gringomädchen machte ihn verrückt. Sie war viel jünger als er. Sollte er sie nach ihrer Herkunft befragen? Sollte er? Oder ihre Fähigkeiten testen? Sie konnte vielleicht gut klettern. Auf eine Palme aber kam sie garantiert nicht hoch. Und sie konnte auch kein Grab ausheben. Konnte auch nicht stundenlang auf einer stark aufgeheizten Straße wandern und keinen Ertrinkenden aus den Fluten retten.
Ich aber kann das und soll zusätzlich eine Legende aus dem Hut zaubern. Warum fragt sie nicht, wie der Mond

entstanden ist? Oder die Sonne. Ihre Frage bewirkt, dass ich mich schlecht fühle. Ich will das nicht.

Während Joaquín sich im Inneren stark zu machen versuchte, bemerkte er den eisenhaltigen Geschmack im Mund. Er hatte wohl zu fest zugebissen. Mit der Zunge leckte er sich das Blut von den Lippen. Ich werde ihr einfach eine neue Legende liefern, beschloss er. Ich darf mich nur nicht verunsichern lassen.

Die Großmutter hatte ihm und seinen Schwestern viele Geschichten erzählt. Oft war sie abgedriftet, hatte Neues hinzuerfunden. Das kann ich auch. Ich erdichte selbst eine Geschichte.

»Du schreibst mit?«

»Muss ich nicht. Du weißt doch, wie das geht, wir nehmen deine Stimme auf.«

»Du kannst gar nicht schreiben.« Joaquín war voller Hoffnung. Rosa würde ihm viel näher sein, wenn ...

Aber schon schüttelte sie den Kopf. Schon bildeten sich Falten auf ihrer hellen Stirn. Eine Augenbrauenfront zog auf. Wie eine Wolkenfont vor einem Gewitter. Um sie zu besänftigen, redete Joaquín rasch weiter.

»Und nachher hören wir uns die Aufzeichnung an?«

»Einverstanden.«

»Ich fang jetzt an. Hast du das Gerät eingeschaltet.«

»Ja doch. Magst du nicht mit mir arbeiten?« Rosa schüttelte verwundert ihre blonden Locken.

»Doch, doch. Also, ich fang jetzt an. Ometepe, unsere wunderbare Insel Ometepe«, stotterte Joaquín, »hat die

Erdgöttin Ometeptl erschaffen. Ich glaube, sie heißt so. Auf jeden Fall lebt sie tief im Inneren der Erde. Dort schläft sie hundert Jahre am Stück, manchmal auch tausend Jahre. Wenn sie dann aufwacht, tun ihr alle Glieder weh. Der Rücken, die Beine, die Arme. Alles leblos und steif. Sie reckt und streckt sich. Sie tut das, ohne nachzudenken, denn sie ahnt nichts von uns Menschen. Gedankenlos schiebt sie die Erde zur Seite, sie hustet und niest und stößt dabei so viel Luft aus, dass Löcher in der Erdoberfläche entstehen. Aus diesen Löchern tritt Feuer und Lava aus. Wenn sie besonders lange geschlafen hat, die Erdgöttin, stellt sie sich senkrecht auf. Streckt die Hände nach oben, spreizt die Beine weit, damit sie sich schütteln und rütteln kann. Dabei kann es vorkommen, dass neue Berge entstehen. So wie unsere Vulkane. Geröllpyramiden, deren Spitze ein Loch ziert. Jahrzehntelang steigt Luft aus. Wie bei einem Drachen. In einem alten Vulkan aber bildet sich ein Vulkansee. So ist das beim Maderas, an dessen Hang wir hier sitzen. Unsere Insel besteht aus zwei unterschiedlichen Vulkanen. Einem jungen, einem verlassenen. Unter dem Concepción sitzt immer noch die Erdgöttin und träumt. Wenn sie einen Furz lässt, dann kommen oben weiße Wölkchen heraus.«

Joaquín lachte und lachte. Er konnte sich gar nicht beruhigen. So toll fand er seine Geschichte. Und zum ersten Mal dachte er: Vielleicht sollte ich mein Geld mit dem Erfinden von Geschichten verdienen. Ein Handy kann

meine Stimme aufnehmen. Jemand schreibt meine Geschichten ab. Der Haken daran ist nur, dass ich einen Schreiber bezahlen müsste. Wie gut wäre es, wenn ich selbst schreiben könnte.
Schlagartig verstummte sein Lachen. Blieb in ihm stecken. Ein Korken im Hals einer Flasche. Er hustete. Er würgte. Rosa erhob sich, stellte sich hinter seinen Stuhl und klopfte ihm auf den Rücken.
»Eine schöne Legende«, versuchte Rosa ihren Freund abzulenken.
Joaquín krümmte sich immer noch. Für mich ist es zu spät. Ich werde nicht zur Schule gehen können. Und dann fiel ihm noch etwas ein.
»Rosa.«
»Ja?«
»Ich kann dir das Geld nicht zurückgeben. Das Geld, das du von deinem Vater erhalten hast. Und das wohl für deine Tasche bestimmt war.«
»Redest du vom Taschengeld?«
»Ja. Du hast in Moyogalpa für mein Essen und für das kaputte Fahrrad bezahlt. Ich kann dir das nicht zurückgeben. Denn das, was ich hier verdiene, bekommt meine Mutter. Und morgen hat sie genug Geld zusammen, um Dolores ein Jahr lang zur Schule zu schicken. Es tut mir leid. Wirst du morgen wieder mit mir arbeiten?«
»Gut möglich«, sagte Rosa. »Ich höre mir deine Geschichten gerne an. Mein Vater hat mir bereits alles vorgespielt, was er aufgenommen hat. Und das mit dem Geld spielt

keine Rolle. Ich habe dich zum Essen eingeladen. Und die zweihundert Córdoba fürs Fahrrad kannst du mir später zurückzahlen.«

»Ja«, antwortete Joaquín. Es war ein sehr kleines *Ja*. Und doch wog es schwer. Ein Klotz an seinem Bein.

Wie man einen Chef erkennt

An diesem Nachmittag hatte Joaquín wieder keine Zeit für seine Freunde, denn er durfte Tio Carlos helfen. Es gab Arbeit auf der Kaffeeplantage.
Kaffeepflanzen wachsen nicht überall. Sie mögen es nicht, wenn ihnen zu warm oder zu kalt wird. Der Boden darf nicht austrocken, deshalb stehen sie gerne im Halbschatten. Unter und neben sich aber dulden sie keine Untermieter. Unkraut und Schlingpflanzen müssen regelmäßig entfernt werden. Denn sie wachsen schnell. Die Hänge des Vulkanberges sind fruchtbar. Leider auch sehr steil. Für die Arbeiter ist es schwer, dort Halt zu finden. Man rutscht leicht aus, vor allem, wenn man keine guten Schuhe besitzt.
Joaquín war das egal. Er arbeitete gerne für Tio Carlos. Und er arbeitete auch gerne mit ihm in einer Gruppe. Obwohl er der Chef war und seine Augen überall hatte. Tio Carlos war ein reicher Mann. Aber auch großzügig. Für gute Arbeit wird gut bezahlt, sagte er, wenn er Jo-

aquín am Ende des Tages einen Geldschein in die Hand drückte.

Tio Carlos' Kinder gingen alle zur Schule. Um nach der Schule einen Beruf zu erlernen. Er selbst war nur drei Jahre lang zur Schule gegangen.

Das erzählte er auch an jenem Nachmittag.

»Ich habe nur wenig Bildung«, sagte er.

»Vom Kaffee allerdings weiß ich alles. Wie tief die jungen Pflanzen gesetzt werden müssen, wie groß der Abstand sein sollte, wie man sie Jahr für Jahr pflegt. Damit sie blühen und viele Beeren ansetzen. Das alles kann ich dir zeigen und erläutern. Aber von deinem Alemania habe ich keine Ahnung.«

»Wieso soll es mein Alemania sein, mein Deutschland?«, fragte Joaquín.

»Man hört, du hast eine deutsche Freundin. Sie wird dich einladen. Du wirst nach Deutschland fahren und dort wirst du jeden Tag in Honig baden.«

»Machst du dich über mich lustig? Warum sollte sie mich einladen?«

Statt einer Antwort lachte Tio Carlos und legte den Arm um Joaquíns Rücken. Obwohl ihm hier alles gehörte, sah er wie ein echter Campesino aus, ein Landarbeiter. Er trug Jeans und ein kariertes Hemd und auf den dunklen Haaren saß ein alter Sombrero. Seine Haut war so dunkel wie die der Arbeiter. Und doch erkannte man den Chef in ihm. An den Füßen erkannte man ihn. Die meisten Arbeiter trugen billige Plastiksandalen oder Gummistiefel. Feste

Lederschuhe, wie Tio Carlos, besaß keiner von ihnen. Fast alles, was sie verdienten, gaben sie für Nahrungsmittel aus. Geld, das sie auf einem Konto hätten anlegen können, um es für gute Schuhe anzusparen, blieb ihnen am Monatsende nicht übrig.

Und noch einen großen Unterschied gab es zwischen den Campesinos und dem Haziendabesitzer. Keiner der Arbeiter leistete es sich, Kaffee zu trinken. Sie pflegten die Pflanzen, sie ernteten die kleinen Beeren, sie füllten sie in Säcke, sie luden die Säcke auf Lastwägen. Doch wie Kaffee schmeckte, wussten die wenigsten von ihnen.

Mit dem Geldschein in der Hand ging Joaquín nach Hause. Er rannte nicht, er schlich nicht, er ging gemächlich. Genoss den Heimweg. Und war voller Vorfreude auf ein warmes Essen und auf das Lachen der Schwestern. Es fühlte sich gut an, bezahlt worden zu sein. Obwohl er hundemüde war, summte er vor sich hin. An diesem Abend war er stark. Der Hunger und der Durst glichen freundlichen Gespenstern, die ihn nicht ärgern konnten. Das Geld, das er verdient hatte, würde sich in Reis und Brot verwandeln und auch die Mutter zum Summen bringen.

Der Nicaraguasee ist vielleicht mein Tellerrand, dachte Joaquín, aber es ist ein verdammt hübscher Teller. Und ich und meine Familie dürfen darauf leben. Hier wächst alles, was man braucht. Nur die Baumwolle für unsere Kleider nicht. Aber neue Kleider benötigt man ja auch nicht so oft. In Deutschland zum Beispiel, das hatte Rosa ihm verraten, muss man das halbe Jahr über eine Jacke und feste Schuhe tragen. Denn dort ist es kalt und feucht. Manchmal schneit es sogar. Man muss die Zimmer heizen. Jacken und Schuhe und Holz sind teuer. Morgen werde ich Rosa darum bitten, mir noch mehr über ihr Land zu erzählen. Wenn sie Interessantes zu berichten hat, gebe ich mein Wissen an Tio Carlos weiter. Ich werde in seiner Achtung enorm steigen, wenn ich Geschichten aus Deutschland im Angebot habe.

Warum nicht ein Tag wie der andere ist

Wenn einem zwei Tage hintereinander eine schwarze Katze über den Weg läuft, bringt das Unglück. Das hatte Pablo erzählt. Und der hatte es von seiner Großmutter erfahren und die von ihrer Großmutter. Aber wie das mit Verrückten war, das hatte Pablo nicht erzählt.
Zum zweiten Mal hintereinander lief Joaquín der verrückte Potti über den Weg. Lachte diesmal. Hämisch, schadenfroh. In der Hand schwenkte er eine selbstgebastelte Fahne aus Tuchresten, die an einer Bambusstange flatterte. Wie ein Sieger baute er sich vor Joaquín auf. Stand mitten auf der Straße. Mit weit gegrätschten Beinen, die Hände demonstrativ in die Hüften gestemmt. Noch blieb der Mund verschlossen.
»Hola, Tio Potti. Lass mich durch.«

Der Mann machte keine Anstalten, zur Seite zu gehen. Es war kühl an diesem Morgen. Ein kalter Wind zerrte an den Bäumen, Sträuchern und den Menschen. Doch Potti trug nur eine Hose, kein Hemd. Seine Jeans war an zahlreichen Stellen eingerissen. Joaquín musste daran denken, dass es jetzt Mode war, Hosen zu tragen, die bereits in der Fabrik von Maschinen zerrissen worden waren. In den Kleidergeschäften der Provinzhauptstadt hingen dann nagelneue Hosen mit riesigen Abenteurerlöchern.
»Willst du mir deine Hose verkaufen?«, lachte Joaquín.
»Wenn nicht, lass mich gehen. Ich habe es eilig. Sie wartet wieder.«
Diese Aussage schien Potti zu irritieren. Wie in Zeitlupe schaute er an sich herunter. Dachte nach, schlug mit den Händen gegen seine Oberschenkel. Dann gegen seinen Schädel. Auch dort ein Loch, besser gesagt eine Delle. Man konnte sie deutlich erkennen. Denn dort, wo die Delle war, wuchsen keine Haare.
»Nein!«, rief Potti. Und Joaquín dachte, dass er das mit der Jeans meinte. War ja nur ein Spaß. Doch dann sagte der Mann etwas, das den Jungen erschauern ließ.
»Sie wartet nicht«, sagte er. »Das bedeutet, du hast verloren. Wer keine gute Ausrüstung hat, den erwischen sie. Sie machen einen tot.«
Erneut fuchtelte der irre Potti mit den Armen durch die Luft, tat, als wolle er ein Gewehr von der Schulter reißen. Dabei behinderte ihn die Fahne. Bis er auf die Idee kam,

den Fahnenstock wie eine Waffe einzusetzen. Er zielte damit irgendwohin. Dann drückte er ab. Schrie: »Peng!« Obwohl er nicht auf Joaquín gezielt hatte, fühlte dieser den Schmerz. Er war getroffen worden.

Warum manche Dinge einen verrückt machen

Nicht nur der arme Potti war verrückt geworden, nein, die ganze Welt.
Als Joaquín bei der Hazienda ankam, sah er es. Viele Menschen drängten sich auf der sonst wenig besuchten Veranda. Vier Tische waren besetzt. An zwei saßen Touristen. Sie frühstückten. An einem saß Peter, mit der Zeitung in den Händen. Am vordersten aber, an dem Tisch, an dem er vorbeimusste, saß Rosa. Sie war nicht alleine. Antonio saß neben ihr. Der hübsche Antonio mit dem hübschen weißen Hemd und den sauberen, taubenblauen Hosen und den nagelneuen Turnschuhen. Es war ein ganz normaler Schultag und trotzdem saß dieser Lümmel hier herum, ließ sich das zweite oder dritte Omelette schmecken, dazu zahllose Toastscheiben. Kugelrund war er bereits, wie jedes der Kinder von Don und Doña Alonso. Wut staute sich in Joaquín. Nicht wegen der Brotscheiben, auch nicht wegen der Omeletten, die dieser junge Schnösel Tag für Tag essen durfte, sondern

wegen des Gerätes, das auf dem Tisch stand. Es war ein Handy. Haargenau das Handy, das gestern zwischen ihm und Rosa gestanden und seine Stimme aufgenommen hatte.

Sollte er etwa ruhig mitansehen, wie die piepsige Stimme dieser aufgeblasenen Alonsokröte sich mit der seinen vermischte? Ohne in einen Spiegel zu schauen, wusste Joaquín, dass sich sein Gesicht tiefrot verfärbt hatte. Das Blut staute sich in den Schläfen, ihm wurde schwindlig. Denn natürlich durfte er nicht schreien. Er durfte auch nicht losrennen und sich auf den Widersacher werfen. Auch an ein Umdrehen war nicht zu denken, denn Rosas Vater hatte ihn bereits entdeckt. Er legte die Zeitung beiseite, lächelte, winkte Joaquín heran.

»Puto, puto«, fluchte Joaquín. »Die Erdmutter soll den Sprössling einer Kröte und ihres Krötenmannes verschlingen. Der Teufel soll ihm alle Haare ausreißen und sie in alle Winde verstreuen. Er soll ihm die Kleider stehlen und ihn nackt au...«

Erstaunt über seinen Wutausbruch verstummte Joaquín. Blickte sich um. War er irre geworden? Als müsse er sich von einer bösen Idee befreien, riss er sich die Mütze vom Kopf, durchwühlte seine Haare. Torkelnd setzte er einen Fuß vor den anderen. Nur gut, dass die Erdmutter nicht auf mich hört. Nur gut, dass die Erde sich nicht auftut. Sie würde auch mich verschlingen.

Denn nun war er schon an ihrem Tisch. An dem Tisch dieser beiden Kinder. Die so gut zueinander passten, mit ih-

ren feinen Anziehsachen und sauberen Fingernägeln. Im Vorbeigehen nickte er Rosa zu. Dann überlegte er es sich anders, ging nochmals zurück, begrüßte sie namentlich.
»Guten Morgen, Rosa. Hola, Antonio.«
Seine Augen sahen alles. Jedes kleine Detail. Das Gerät auf dem Tisch, die halbleer gegessenen Teller, das zerkrümelte Brot neben dem Teller, den roten Fleck auf dem weißen Hemd des Jungen, den Stift in Rosas Hand. Sie schrieb mit, was dieser aufgeblähte Frosch sagte. Warum?
»Hallo, Joaquín«, begrüßte ihn Rosa. »Mein Papa wartet schon auf dich.« Sie sah nur kurz auf, dann schrieb sie weiter. Joaquín versuchte mitzubekommen, was dieser Angeber ihr erzählte. Doch in seinen Ohren war ein solches Rauschen, dass er kein einziges Wort verstand.

Wie benommen schlurfte er weiter, schlurfte wie ein alter Mann. Als wollten seine Beine mit ihm spielen, stolperte er mehrmals. Er schimpfte mit ihnen. Denn er musste weiter. Er musste lächeln. Und sich beruhigen. Sonst würde er nicht mit Peter arbeiten können. Joaquín zwang seine Mundwinkel nach oben.
»Guten Tag, Peter.«
»Guten Morgen. Du bist spät dran. Setzt dich!«
»Wie bitte? Ach ja, ich bin aufgehalten worden«, stotterte Joaquín.
Er hörte immer noch nichts, musste die Worte von den Lippen seines großen Freundes ablesen.
»Von wem?«, fragte dieser.

»Vom irren Potti. Er redet immerzu vom Krieg. Ohne Waffe traut er sich nicht mehr auf die Straße. Aber er hat natürlich keine Waffe mehr. Er tut nur so. Manchmal aber gibt ihm jemand eine Machete. Heute aber nicht. Ach, egal.«

Warum man sich krank fühlen kann, ohne krank zu sein

Joaquín aß schweigend. Das Ei schmeckte nach Fisch. Der Toast war fettig und viel zu dunkel geröstet worden. Die Marmelade brannte auf seinen Lippen. Oder auf den Zähnen. Joaquín kaute, doch er schmeckte nichts. Zum ersten Mal in seinem Leben schmeckte ihm das Essen nicht. Bestimmt wartete eine Erkältung oder Darmgrippe darauf, ausbrechen zu dürfen. Dabei muss ich heute Nachmittag zum Fischen mitgehen. Ich darf nicht krank werden. Mama wartet auf mich. Joaquín konnte sich nicht daran erinnern, wann er das letzte Mal krank gewesen war.
»Ich bin nie krank«, sagte er. Und merkte erst an Peters Gesicht, dass er laut geredet hatte. »Können wir anfangen?«
»Wie du willst. Heute keinen Nachschlag?«
Joaquíns Ohren hatten sich beruhigt. Das Rauschen war verschwunden. Er hörte wieder. Hörte, dass Peter seine Frage wiederholte.

»Heute keinen Nachschlag?«
»Nein, ich nehme lieber etwas mit, für später.«

Später, das war in weniger als zehn Minuten. Zehn Minuten sind lang, wenn man auf einem Bein stehen muss. Aber kurz, wenn alles drunter und drüber geht. In zehn Minuten kann ein Tisch abgeräumt und ein Handy aufgestellt werden. Eine Frage kommt auf. Oder auch nicht. Joaquín erinnerte sich später nicht mehr daran, ob eine Frage gestellt worden war. Vermutlich hatte Peter etwas gesagt. Doch an jenem Tag war ja alles verrückt. Nicht an seinem Platz. In dem Augenblick, als die Angestellte der Familie Alonso ihm eine Tüte mit Resten brachte, drehte der Sohn des Hauses sich zu ihm um. Der hübsche Antonio. Und sein Zeigefinger zeigte auf Joaquín. Mit piepsiger Stimme fragte er: »Der hat dir von einer Erdmutter erzählt, die furzt? Er ist ein Lügner. Das darfst du niemals glauben. Die echte Legende besagt, dass die unglückliche Liebe zwischen der schönen Ometeptl und dem angesehenen Nagrando dazu führte, dass unsere Insel erschaffen wurde. Das ist die Wahrheit. Verstehst du? Es gibt ja nur eine Wahrheit.«
»Papa, was ist richtig?«, wollte Rosa wissen. Sie war aufgestanden und trat an den Tisch ihres Vaters. An dem Joaquín wie ein lebloser Tonklumpen saß.
»Wie bitte?« Peter schien nur mit halbem Ohr zugehört zu haben. Daher musste seine Tochter alles wiederholen. Wort für Wort, Satz für Satz.

»Antonio hat gesagt, Joaquín wäre ein Lügner. Stimmt das?«

»Nun«, setzte Rosas Vater an und sah dabei zu Joaquín hinüber. »Legenden müssen nicht die Wahrheit wiedergeben. Sonst würden sie ja nicht Legenden heißen und ...«

Mehr bekam Joaquín nicht mit. Denn er war längst aufgesprungen. Hörte im Wegrennen nur noch das Poltern eines Stuhls und dass jemand nach ihm rief. Wer ihn rief, wusste er nicht. Möglicherweise war es Rosa. Vielleicht verhöhnte ihn aber auch Antonio.

»Nicht so schlimm, komm zurück! Sei nicht dumm! Es ist nichts passiert. Joaquín, hörst du nicht?«

Nein, er hörte nicht. Denn in ihm war nur dieser eine Satz.

Stimmt das? hatte Rosa gefragt. Weil sie an ihm zweifelte. Weil sie diesem Antonio mehr glaubte als ihm. Dabei hatte sie seine Geschichten gestern noch gemocht. Konnte sich an einem Tag die Welt verändern?

Er spürte die Enttäuschung. Bald würde sie ihn ganz ausfüllen. Ein randvoll gefülltes Einmachglas, voller Enttäuschung. Deckel drauf. Und das Gefühl war eingesperrt. Verwandelte sich in Wut. Die Wut trieb ihn an. Trieb ihn fort. Von seinen Wünschen. Von seinen neuen Freunden. Joaquín war nicht der schnellste, wenn er und Pablo und José einen Wettkampf starteten. An diesem Tag aber verwandelte sich sein Körper in einen Ball, rollte den

Hang hinunter, prallte an keiner Wurzel ab, verlor kein einziges Mal an Geschwindigkeit. Er war sogar schneller als ein Ball, er wurde zum Blitz, bewegte sich mit Lichtgeschwindigkeit.

Wie man etwas verlieren kann, von dessen Besitz man nichts wusste

Das Vertrauen hatte sich klein gemacht. Und die Angst groß. Die Angst sagte: Du hast alles verloren. Du musst wegrennen, Joaquín!
Und er rannte. So rasch er konnte. Bis er nicht mehr konnte. Bis sein Herz ihn anflehte, stehen zu bleiben. Er atmete schwer. Stützte die Arme auf die Knie. Ließ den Kopf hängen. Unter sich entdeckte er grauen Asphalt. Er befand sich auf der Hauptstraße. Die Sonne brannte auf seinen Rücken. Obwohl es noch früh war. Teergeruch stieg ihm in die Nase. Er hustete. Ein Auto brauste an ihm vorbei. Und weil er viel Platz für sich beanspruchte, hupte der Fahrer verärgert. Verwünschungen trafen Joaquín.
»Bist du lebensmüde?«
»Nein«, flüsterte Joaquín. Und merkte, dass das *Nein* nur so dahingesagt war. Eigentlich war ihm alles egal. Erst als er den verrückten Potti auf der gegenüberliegenden Straßenseite entdeckte, überlegte er, was zu tun war. Er wollte niemanden sehen. Am allerwenigsten Tio Potti.

Daher suchte er nach einer Tarnkappe. Es galt zu verschwinden, sich in Luft aufzulösen. Sofort.
Nicht weit von ihm entfernt befand sich eine Gruppe von Arbeitern. Frauen, Männer aber auch Kinder warteten an der Bushaltestelle. Sie hielten Körbe und Werkzeug in den Händen. Ein kleiner Lastwagen, eine Camionetta, kam angetuckert. Hielt. Die Arbeiter begannen, auf die offene Ladefläche hochzusteigen. Die ersten nahmen den anderen die Körbe und Werkzeuge ab. Die Größeren halfen den Kleineren hoch. Unter den Kleineren war auch Joaquín. Niemand schien das aufzufallen. Er war einer von vielen. Einer mit einem müden Gesicht, der sich nicht besonders auf die Arbeit freute. Einer, der am frühen Morgen noch nicht reden wollte. Wohin die Fahrt ging, wusste Joaquín nicht. Auf welcher Hazienda würde er landen? Was sollte er dort tun? War es nicht besser umzukehren? Gedanken können Pingpong spielen, ganz ohne Regeln. Es ist auch nicht klar, wer führt. Sie spielen einfach weiter. Joaquín war nicht in der Lage, eine Entscheidung zu fällen. Also blieb er, wo er war. Als die Camionetta an der Einfahrt zu Großmutters Haus vorbeifuhr, bat er nicht darum, aussteigen zu dürfen. Mit beiden Händen hielt er sich an einer der Eisenstangen fest, die ein Geländer bildeten. Er fuhr weiter. Auch am Gemüseladen der blinden Doña Galán stieg er nicht aus. Sie werden mich vermissen, sagte ein Gedanke. Egal, widersprach ein zweiter.
Joaquín hatte etwas verloren, von dem er nicht wusste, dass er es besessen hatte. Dennoch war er nicht beson-

ders überrascht. Er hatte seine Zufriedenheit verloren. Und die Gewissheit, das Richtige zu tun.
Peter hatte ihm gezeigt, dass er, Joaquín, und seine Familie arm waren. Das war nicht schlimm. Alle seine Freunde waren mehr oder weniger arm. Aber Rosa hatte ihm zudem vermittelt, dass er dumm war. Und damit konnte er nur schwer umgehen. Obwohl zwei Jahre jünger als er, konnte sie lesen und schreiben. Sie wusste, wie ein Flugzeug aussah und wie man sich an einem Flughafen verhielt. Es wäre besser gewesen, dachte er, sie und ihr Vater wären nie nach Ometepe gekommen. Es wäre besser gewesen, ich hätte dieses Mädchen nie kennengelernt.

Wie ein Plan entsteht

Joaquín hatte sich nicht vorgenommen, in die Stadt zu fahren. Und selbst wenn, hätte ihm das Geld gefehlt, um das Busticket zu bezahlen. Zu seiner Verwunderung bog die Camionetta an keiner Stelle in einen Feldweg ein. Steuerte also keine Hazienda an, sondern brachte ihn und die Arbeiter geradewegs nach Moyogalpa. Was die Arbeiter in der Bezirkshauptstadt wollten, war ihm nicht klar. Und dennoch, er hatte sofort einen Plan. War es nicht ein Wink des Schicksals, dass er hier gelandet war? Hatten er und Pablo und José nicht immer wieder davon gesprochen, wie es wäre, aufs Festland zu fahren?

Moyogalpa besaß einen Hafen. Von hier setzen die Autofähren zum Festland über. Den Tellerrand verlassen, dachte Joaquín. Und dieser Gedanke wurde sofort hart, versteinerte zu Beton. Ja, ich werde unsere schöne Insel verlassen. Denn drüben wird es noch schöner sein. Nach drüben zu fahren ist fast, als würde ich eine Reise nach Deutschland unternehmen. Ich werde die Welt kennenlernen. Sie wird mir gefallen, diese neue Welt. Drüben liegt der Himmel auf der Erde. Alles ist blau und schön und groß. Und mein Tellerrand wird sich vergrößern.
Als hätte er seine Familie bereits vergessen, als hätte er Rosa bereits vergessen, sprang er von der Ladefläche. Jemand rief ihm etwas hinterher: »Wer bist du, wo gehst du hin?«
Doch weder drehte Joaquín sich um, noch antwortete er. Er hatte einen Plan. Er musste nur auf eine Fähre kommen.

Dicht drängten sich die Menschen auf den schmalen Gehwegen. Ellenbogen ruderten, Rufe erklangen. Eine Geruchsglocke aus Auspuffgasen, Menschenschweiß und Holzkohlefeuer lag über der Stadt. Fuhrwerke und Busse lärmten durch die Hauptstraße. Wollte man auch nur eine Nebenstraße überqueren, musste man höllisch aufpassen. Jeder Mann, jede Frau schien etwas verkaufen oder kaufen zu wollen.
Bereits in Sichtweite des Hafens, bereits nahe am Anlegesteg, überfielen ihn Zweifel. Ohne Geld, wie sollte das

gehen? Wie sollte er die Überfahrt bezahlen? Und wovon sollte er leben, bis er sein Ziel erreicht hatte? Nicht einmal ein Stück Brot besaß er. Die Tüte mit den Lebensmitteln hatte er neben dem Stuhl liegen gelassen. Der Stuhl stand auf der Holzveranda. Die Veranda befand sich auf dem Grundstück der Familie Alonso. Und die Hazienda lag weit entfernt, auf einem anderen Teil der Insel. Gehörte zu einem früheren Leben. Warum nur hatte er heute Morgen nicht mehr gegessen?
Und noch etwas ging Joaquín durch den Kopf. Als hätte er nicht ewig viel Zeit zum Denken gehabt, fiel es ihm erst jetzt ein:
Weil ich weggerannt bin, erhält meine Mutter kein Geld mehr von Peter. Das Geld wird nicht reichen und sie wird Dolores keine Schuluniform kaufen können.

Warum Pläne nicht sofort umzusetzen sind

Egal, es gab kein Zurück. Seine Ehre stand auf dem Spiel. Er musste Ometepe verlassen. So schnell war er gerannt, dass ihm nicht aufgefallen war, dass ein Wetterumschwung bevorstand. Ein böser Wind peitschte die Kronen der Palmen. In den Straßen war das nicht sichtbar gewesen. Jetzt, am Hafen, konnte man es sehen und hören. Ein Sturm zog auf. Blätter wurden gegeneinandergedrückt, Äste stöhnten, ein einziges Rascheln und Zischen erklang. Dichte Wolken waren dabei, das Licht zu stehlen. Hartnäckig versuchten sie den Tag zur Nacht zu machen. Auch nachts braucht man Geld, zum Übernachten zum Beispiel. Joaquíns Gedanken kreisten jetzt immerzu um das Thema Geld. Geld war überlebenswichtig. Fieberhaft ging er die verschiedenen Möglichkeiten durch, wie er an Geld kommen konnte. Die einfachste Möglichkeit war zu betteln. Es war aber auch die erniedrigendste. Er musste sich etwas anderes einfallen lassen, wenn er die Insel verlassen wollte. Bestimmt war es möglich, sich zwischen die Fahrgäste zu zwängen. Er würde einer Familie folgen. Und niemand würde ihn in dem Durcheinander entdecken.

Nur noch wenige Meter trennten ihn von der Fähre. Die ihr Maul weit aufgerissen hatte, ein gieriger Walfisch, der Wagen um Wagen verschluckte. Doch was war das? Die Autos fuhren plötzlich rückwärts an ihm vorbei. Verließen die Fähre. Auf die sie vor wenigen Minuten hinaufgefahren waren.

»Warum machen sie das?«, fragte er einen Mann, der ihm mit einem besorgten Gesichtsausdruck entgegenkam. »Die Autos, sie verlassen die Fähre. Warum, Señor?«

Doch der Mann wollte nicht reden, schüttelte lediglich den Kopf. Deshalb wandte Joaquín sich an eine Frau, die mit vier oder fünf kleinen Kindern neben ihm auftauchte. Nicht nur ein Stillkind, auch mehrere Taschen beugten den zarten Frauenkörper bis zum Boden.

»Bitte, sagen Sie mir, was ist da los? Warum fahren die Autos wieder von der Fähre herunter?«

»Bist du blind, mein Junge?« Sie zeigte zum Himmel. »Bei dem Wetter kann das Schiff nicht ablegen. Sie entladen es wieder. Kannst du mir helfen?«

»Heute fährt also keine Fähre?« Joaquín merkte, dass seine Stimme an Kraft verlor.

»Dann schau, wie du weiterkommst.« Die Frau war bereits weitergeeilt, ihr Gepäck und drei oder vier Kinder hinter sich herziehend.

Von hinten erinnerte die Frau ihn an seine Mutter. Das könnte Mutter sein, ging es Joaquín durch den Kopf. Kein Mann ist an ihrer Seite. Die Kinder sind noch so klein. Hat sie keinen Jungen, der ihr hilft? Wer hilft Mutter, wenn ich weg bin? Wer geht für sie arbeiten?

Rasch drehte Joaquín sich wieder um. Was gingen ihn diese Frau und ihre Kinder an? Und warum dachte er immerzu an zu Hause? Er konnte nicht zurück. Alle würden ihn auslachen. Er musste weg. Er musste Geld verdienen. Zuerst für die Überfahrt, dann für die Familie. Jeden Monat würde er ihnen Geld schicken. Drüben, auf dem Festland, in der großen Hauptstadt, war es einfach, Arbeit zu bekommen. Kinderleicht war das. In der Hauptstadt waren Legenden nicht wichtig. Niemand würde ihn nach Ometepe fragen. Joaquín überlegte, was er tun sollte. Vielleicht ist es gut, dass die Fähre nicht auslaufen konnte. Morgen ist auch noch ein Tag. Heute werde ich Geld auftreiben und morgen übersetzen.

Warum das Leben in der Stadt nicht einfacher ist

Die Markthalle war ein ganzes Stück vom Hafen entfernt. In raschem Tempo prasselten die ersten Regentropfen nieder, knallten wie Peitschenhiebe auf Dächer und Vorsprünge. Dort, wo kein glatter Asphalt war, bildeten sich Pfützen. Der Boden schien durstig, konnte das erwartete Nass aber nicht schnell genug aufsaugen. So lange haben wir auf euch gewartet, wandte er sich an die Wolken. Ausgerechnet heute müsst ihr kommen. Ich kann euren Regen nicht gebrauchen, hört ihr? Nicht jetzt. Joaquín blinzelte, wischte sich das Gesicht trocken. Er hatte keine Jacke dabei. Nicht einmal eine Plastiktüte, die er sich über die Haare stülpen konnte. Rennt, befahl er seinen Beinen. Beeilt euch! Die Markthalle ist überdacht. Dort könnt ihr euch unterstellen. Und dort gibt es bestimmt Arbeit für uns.

Joaquín hatte nicht damit gerechnet, der Einzige zu sein, der sich nach Arbeit umschaut. In einem Land, in dem viele arbeitslos sind, muss man mit Konkurrenten rechnen. Doch es war schlimmer als erwartet. Schlimmer als schlimm. An jedem Stand, an dem er nach Arbeit fragte, lungerten bereits ein paar Arbeitssuchende herum. Die meisten von ihnen waren jünger als er. Sie schienen darauf zu warten, dass etwas verrutschte und zu Boden fiel, damit sie ihre Dienste anbieten konnten.

Damit sie ein paar Münzen einstecken konnten. Sobald ein Lastwagen mit Ware ankam, sprangen sie auf und eilten zur Ladefläche. Auch wenn jemand mehr als drei Tüten zu tragen hatte, waren sie zur Stelle und schauten mit Hundeaugen zum Käufer, der Käuferin hoch.
»Kann ich Ihnen etwas abnehmen?«
Es waren zerlumpte Gestalten. Ihre T-Shirts hingen ausgeleiert auf ihren mageren Schultern, besaßen Löcher. Die Hosen waren zu kurz. Die meisten liefen barfuß. Nicht nur die Hände, auch die Gesichter starrten vor Dreck.
Bestimmt haben sie Läuse. Joaquín wollte mit diesen Jungen nichts zu tun haben. Und doch ahnte er, dass er jetzt einer von ihnen war. Einer, der nicht mehr bei der Familie lebte.
Als eine Frau mit zwei riesigen Töpfen die Markthalle verlassen wollte und nach ihrem Schirm griff, war Joaquín als Erster zur Stelle. Er begleitete die Frau bis zu ihrem Auto. Doch der Lohn, der in seine ausgestreckte Hand fiel, war mager. Von den Münzen konnte er sich nicht einmal ein Stück Brot kaufen. Nur gut, dass gerade jemand aufgestanden war und seinen Teller nicht leer gegessen hatte. Joaquín schnappte nach den Resten, verstaute sie in seiner Hosentasche. Seinen Durst stillte er an einem Waschbecken. Und wurde prompt angeschrien.
»He, Kleiner, das Waschbecken ist ganz bestimmt nicht für dich aufgestellt worden, sondern für zahlende Gäste.«
Bereits nach einer Stunde kannte er den gesamten Markt

und alle Verkäufer. An jedem Stand hatte er nach Arbeit gefragt. Überall war er abgewiesen worden. Jungs wie er schienen unerwünscht zu sein. Er ahnte, warum. Joaquín hatte gesehen, dass gestohlen wurde. Wenn die Verkäufer nur eine Sekunde wegschauten, verschwanden Äpfel, Bananen und Kuchenstücke in ausgeleierten Hosentaschen.
Das werde ich nicht tun. Ich werde nicht stehlen. Einen Tag kann ich von Resten leben. Und das Geld für die Überfahrt verdiene ich mir mit … mit … Ihm fiel nichts ein. Da hörte er neben sich das Zwitschern eines Vogels. Eine der Marktfrauen hatte sich einen Käfig aufgehängt. Der gelbe Kanarienvogel bemühte sich lautstark, gegen den allgemeinen Geräuschpegel anzusingen.
Genau, entschied Joaquín, das Geld für die Überfahrt verdiene ich mir mit Singen. Ich werde meine Stimme als Musikinstrument einsetzen.

Warum Musik nicht reicht

Draußen wütete immer noch ein namenloser Sturm. Auch die Markthalle blieb nicht verschont. Wasser sickerte durchs Dach, tropfte in rasch aufgestellte Eimer. Ein Wasserkonzert ertönte, das sich mit den Stimmen der Verkäufer und Einkäufer vermischte.
Wie soll man hier singen?, grübelte Joaquín. Und wen

soll ich mit meinem Gesang beeindrucken? Nur wenige Minuten später entdeckte er jedoch eine Schar Touristen. Sieben Leute. Zwei Frauen, fünf Männer. Umgekehrt wäre es besser gewesen. Frauen haben ein größeres Herz. Dennoch spürte Joaquín, dass das seine Chance war.

Er schnappte sich einen der Blecheimer, schüttete das Wasser aus und näherte sich der Touristengruppe. Den Blick stolz erhoben, stellte er sich neben sie. Als wäre dort seine Bühne. Vorhang hoch. Musik an, eins, zwei, drei. Während die Touristen Hängematten betrachteten, Hängematten begrapschten und um den Preis feilschten, begann Joaquín mit seiner Improvisation. Ein Eimer diente ihm als Schlaginstrument. Die Stimme spielte die Melodie. Eine kleine Einführung auf dem rhythmischen Instrument, dann setzte der Gesang ein. Joaquín sang ein Lied, das er von seinem Vater gelernt hatte. Das Lied beschrieb das Leben eines erfolglosen Fischers. Das Glück wohnte irgendwo, nicht aber in der Hütte dieses einen Fischers. Der Verzweiflung nahe, kaufte er sich von seinem letzten Geld ein neues, größeres Netz und fuhr damit aufs Meer hinaus. Es war sehr stürmisch an jenem Tag. Der Fischer bangte um sein Leben und entschloss sich umzukehren. Ohne Hoffnung zog er das Netz heraus und konnte sich nicht sattsehen. Eine wunderschöne Meerjungfrau hatte sich darin verfangen. Ohne zu zögern, warf sie ihren Fischschwanz ab und verwandelte sich in eine Frau. Die beiden hatten sich ineinander verliebt. Von dem Zeitpunkt an lebten sie zusammen, als Mann und Frau. Sie zeigte ihm die besten Fischgründe und er zeigte ihr ein neues Glück. Die Liebe war dauerhaft in die kleine Fischerhütte eingezogen.

Joaquín sang, als wäre er ein Fischer. Er sang, als gäbe es nichts Schöneres auf der Welt als Meerjungfrauen. Und er hatte Glück. Im Eimer begann es zu klappern. Keine Regentropfen füllten das Blechgefäß, sondern blankes, wunderbares Münzgeld. Und sogar Scheine flatterten hinein, verwandelten sich in einen kleinen Schatz.

»Danke, danke«, freute sich Joaquín. »Ich kenne viele Lieder.« Doch da war die Gruppe bereits weitergewandert. Ihr Interesse galt jetzt Taschen aus Leder. Eine rothaarige Weiße drehte sich ein letztes Mal zu ihm um. Ihr Mund verrutschte, als wolle sie etwas sagen. Doch sie sagte nichts, lächelte nur. Und winkte ihm zum Abschied zu. Leider konnten weder ihr Lächeln noch ihr Winken seinen Magen füllen. Joaquín schaute in den Eimer, holte das Geld heraus und begann zu zählen. Und da erst merkte er, es waren nur kleine Scheine, es waren nur wertlose Münzen. Tagelang werde ich singen müssen, um genügend Geld für eine Überfahrt zusammenzubekommen.

Was tun, wenn sich der Tag dem Ende neigt

Um 17 Uhr begannen die Aufräumarbeiten auf dem Markt. Die ausgelegten Waren wurden im hinteren Teil der Verkaufsräume verstaut. Helfer rückten an und begannen damit, die Halle zu säubern. Vor den Eingängen ratterten die ersten Gitter herunter und uniformierte Wachleute traten ihren Nachtdienst an.

Alle Kunden, aber auch jene, die hier arbeiteten, mussten die Markthalle verlassen. Joaquín schielte durch eine der Eingangstüren. Draußen fegte immer noch ein heftiger Wind durch die Straßen, brachte Jacken und Blusen zum Flattern. Und auch der Regengott mischte noch kräftig mit. Joaquín überlegte, überlegte lange. Die Kindergruppe hatte er längst entdeckt, doch er traute sich nicht näher. Endlich hatte er genug Mut oder Verzweiflung angesammelt, um sie anzusprechen.

»Sag, wo geht ihr hin?«, wollte er wissen und beugte sich zu dem kleinsten der Jungs herab.

»Warum willst du das wissen?«, mischte sich der Große der Fünferbande ein. Sein Blick war alles andere als freundlich.

»Ich habe niemanden, zu dem ich gehen kann.«

»Na und? Was haben wir damit zu tun? Hast du Geld?«

»Wenn ich Geld hätte, würde ich in ein Hotel gehen«, ereiferte sich Joaquín und dachte dabei an Rosa und Peter, für die eine fremde Stadt kein Problem darstellte. Sie suchten sich ein Hostal oder ein Hotel, in dem sie übernachten konnten.

Lachend zeigten zehn Hände auf Joaquín.

»Hotel«, lachten die Jungs ihn aus. »Du redest wohl vom Straßenhotel. Das kannst du in der ganzen Stadt haben. Leg dich einfach irgendwohin.«

»Nein, bitte, kann ich dort schlafen, wo ihr schlaft? Nur für eine Nacht. Morgen fahre ich nach drüben.«

»Nach drüben? Wo soll das sein?«

Wieder lachten sie und wieder musste Joaquín seinen Stolz hinunterschlucken. Längst ahnte er, dass er nicht alleine zurückbleiben durfte. Wenn diese Kinder schon so abgebrüht waren, dann stand zu befürchten, dass sich die Erwachsenen in der Stadt noch schlimmer benahmen. Ein Betrunkener könnte ihn verprügeln. Die Polizei könnte ihn aufgreifen.

»Ich gebe euch ein bisschen Geld.«

Joaquín holte Geld aus seiner Hosentasche. Es war nicht alles. Denn der Hunger begleitete ihn wie ein Schatten. Spätestens morgen musste er sich etwas zum Essen kaufen. Der Große schüttelte nur den Kopf und wandte sich ab. Im Schutz der Häuser entfernte er sich. Die anderen folgen ihm wortlos.

»Esperad! Wartet.«

»Zu wenig.« Diesen kurzen Satz warf der Große über die Schulter. »Die Aufnahmegebühr in unsere Gruppe ist viel höher. Frag morgen noch mal nach. Vielleicht kannst du uns dann mehr anbieten.«

»Morgen bin ich weg. Hört ihr?« Joaquín musste laut rufen. Passanten mit aufgespannten Regenschirmen hatten sich zwischen ihn und die Gruppe gedrängt. Als er die nächste Straßenecke erreichte, waren die Kinder verschwunden.

Wie Anziehung funktioniert

Joaquín duckte sich unter das Vordach eines Schuhgeschäfts. Der Regen meinte es ernst. Wollte bleiben und seinen Platz verteidigen. Neben Joaquín hasteten Menschen ein und aus. Die Geschäfte waren immer noch geöffnet. Dennoch war es rund um den Markt ruhiger geworden.

Joaquín hatte sich noch nie so einsam gefühlt. Er erlaubte sich einen kurzen Gedanken an den Tisch, an dem jetzt die Mutter, die Großmutter und seine Schwestern saßen. Um nicht zu verzweifeln, nahm er sich vor, sogleich nach einer billigen Bäckerei zu suchen. Sein Blick irrte umher. Doch er konnte nichts sehen. Tränen hatten sich in seinen Augen gesammelt, versuchten den natürlichen Staudamm zu überwinden. Er dachte an seine kleinste Schwester, an Nieves. Sie würde er am meisten vermissen. Ich muss es schaffen, nahm er sich vor, damit ich hoch erhobenen Hauptes wieder nach Hause zurückkehren kann. Das tue ich, sobald ich genügend Geld verdient habe.

Vielleicht kann ich in der Bäckerei singen. Meine Situation ist nicht hoffnungslos, machte Joaquín sich Mut. Ich brauche nur eine Extraportion Glück.
Und doch vermisste er die Sicherheit der letzten Tage. Wie einfach war doch die Arbeit mit Peter gewesen. Wie gern hatte er die Fragen beantwortet oder Geschichten erzählt. Geld und Essen hatte es dafür gegeben. Hätte nicht alles so bleiben können, wie es war?

Etwas Kaltes berührte seinen Arm. Joaquín schreckte aus seinen Gedanken hoch. Eine kleine Hand hatte sich auf seinen Arm gelegt. Augen, tiefschwarz, schauten zu ihm auf. Er kannte die Hand nicht. Kannte das Kind nicht, das ihn bittend anschaute. Es war ein Junge. Vielleicht zehn Jahre alt, schätzte Joaquín. Frische Kratzspuren zierten seine Wangen, als hätte er mit einem Tiger gekämpft.
»Hast du was zu essen?«, fragte der Junge.
»Ich habe selbst Hunger.«
»Das habe ich nicht gefragt. Wie sieht es aus? Du hast doch Geld.«, Der Junge zeigte auf Joaquíns Hosentasche. »Kaufst du mir was?«
»Alles, was ich dir gebe, kann ich nicht selbst essen. Das ist doch logisch. Vielleicht habe ich viel größeren Hunger als du. Schon mal darüber nachgedacht?«
»Bestimmt nicht. Ich meine, dass du mehr Hunger hast als ich. Unmöglich. Schau mich an.« Der Junge lachte. Mindestens vier Zähne fehlten in der oberen Reihe.
Es war dieses Lachen, es waren die dunklen Augen, denen

Joaquín nicht widerstehen konnte. Hoffnung und Lebensfreude wohnten darin. Was soll's, dachte er. Ich habe so wenig Geld. Es ist, als hätte ich nichts.

»Lass uns das *Nichts* teilen«, schlug Joaquín ein und zeigte auf die Bäckerei, die er auf der gegenüberliegenden Straßenseite entdeckt hatte.

»Wer zuerst drüben ist, hat gewonnen. Der darf zuerst bestellen.«

Wie man fast nichts teilt

Der Sieger hieß Victor. Keiner konnte schneller rennen als er. Ein afrikanischer Hundertmeterläufer vielleicht, nicht aber ein normaler Junge. Victor war vierzehn Jahre alt, ganze zwei Jahre älter als Joaquín. Dieser hatte gedacht, er wäre klein für sein Alter, doch Victor war kleiner als klein. Ein Winzling, der nicht mehr wachsen wollte. Aber er konnte wie kein Zweiter rennen und lachen. Und das Merkwürdige war, dass er ständig lachte. Wenn es angemessen war, aber auch, wenn es überhaupt nicht passte. Wenn sein Brötchen krümelte, wenn sein Kakao zu heiß war und wenn Joaquín etwas Ernstes sagte.

Dennoch gefiel Joaquín dieser Kerl. Denn das Lachen wärmte ihn und ein bisschen machte es auch satt. Seit einer Stunde bereits saßen sie in der Bäckerei. Zu essen gab es nichts mehr. Joaquín hatte sein ganzes Geld ausgegeben. Es war nicht viel gewesen. Es hatte so eben gereicht, um sie vom Hungerhaben abzulenken. Wie gerne würde ich noch ein Pizzabrötchen kaufen, aber wovon? Als hätte die Verkäuferin Joaquíns Gedanken erraten, trat sie an den Tisch.

»Was darf es sein?«

»Wie bitte?«

»Wenn ihr hier herumsitzt, müsst ihr etwas essen.«

»Wir haben etwas gegessen«, verteidigte sich Joaquín.

»Aber es liegt nichts mehr auf eurem Tisch.«

»Weil es weg ist.«

»Also müsst ihr auch weg, ist doch klar.«

Die Frau war jung. Höchstens zwanzig Jahre alt. Ihre dunklen Haare waren schön frisiert. Die Augen aber viel zu stark geschminkt. Joaquín kaute auf seiner Unterlippe. Bestimmt ist sie froh, dass sie diesen Job hat. Bestimmt hat sie zwei oder drei Kinder zu Hause. Sie muss das tun. Sie muss uns vertreiben, sonst bekommt sie Ärger mit ihrem Boss. Joaquín wollte aufstehen. Doch in dem Augenblick sprang Victor auf und setzte sich neben ihn auf den Stuhl, drückte ihn mit der Hand in die Sitzschale zurück.

»Wir nehmen nur einen Platz weg«, versprach er. »Sie können doch meinen Bruder und mich nicht auf die Straße setzen. Unsere Mutter holt uns gleich ab.«

Die Lippen der Verkäuferin öffneten sich. Sie wollte etwas sagen. Doch schließlich schüttelte sie nur den Kopf und ging wieder hinter den Tresen. Es gab viel zu tun.

»Erzähl weiter«, kicherte Victor. »Du bist so witzig.«
»Ich habe Rosa also diese erfundene Legende erzählt. Und sie war begeistert. Aber am nächsten Tag hat dieser Angeber von Antonio ihr eine andere Legende erzählt und sie hat ihm auch geglaubt.«
»Weil es die richtige Legende war.«
»Legenden heißen Legenden, weil niemand die Wahrheit kennt. Da gibt's kein richtig und falsch. Das glaube ich jedenfalls. Warum soll meine Geschichte weniger richtig sein, he?«
»Schon gut, ich mag deine Geschichte. Mich musst du nicht böse anfunkeln. Eigentlich musst du niemanden böse anfunkeln. Das ist meine Meinung. Warum also bist du von zu Hause weggelaufen?«
»Ich bin nicht von daheim weggelaufen. Das würde ich nie tun. Ich bin, ich bin ...«
Joaquín merkte, dass er ziemlichen Unsinn redete. Ein Kloß bildete sich in seinem Hals. Das Schlucken fiel ihm schwer. Doch dann lachte Victor wieder, wieherte wie ein Pferd, schlug sich mit der flachen Hand auf den Oberschenkel und der Kloß in Joaquíns Hals rutschte hinunter.
»Was gibt es da zu lachen? Ich bin weg, weil Rosa mich nicht mag und zugelassen hat, dass dieser Antonio mich einen Lügner nennt und auslacht. Die Reihenfolge ist dabei egal. Und wenn du nicht sofort aufhörst, genau dasselbe zu tun, dann renne ich auch vor dir weg.«
»Nur zu, renn doch! Los! Aber überleg dir gut, wohin die Reise gehen soll.«

»Richtig, eine Reise wird es werden. Du bist gar nicht so dumm. Ich werde über den Tellerrand gucken.« Joaquín erzählte von seinem Plan. Wenn er aber gedacht hatte, den kleinwüchsigen Victor damit beeindrucken zu können, hatte er sich gründlich getäuscht. Erneut lachte dieser ihn aus.
»Was glaubst du denn, wo ich herkomme?«, lachte er. »Und was meinst du mit Tellerrand?«
»Ich habe Ometepe noch nie verlassen. Ich weiß ja nicht einmal, wie ein Schiff von innen aussieht. Oder ein Flugzeug.«
»Vielleicht ist das gut so. Willst du so werden wie ich? Wer in Managua auf der Müllhalde wohnt, der bleibt ein Winzling, dem fallen die Zähne aus. Und ...« Er stockte, überlegte. »Wie auch immer, ich bin zurückgekehrt. Hier, auf Ometepe, geht es mir besser. Und dir auch. Du hast sogar eine Familie.«
»Ich will doch nicht in die Stadt, um auf einer Müllhalde zu le...«
Joaquín konnte den Satz nicht zu Ende sprechen. Nein, nicht weil Victor wieder so laut lachte, sondern weil sich plötzlich eine Stimme zwischen sie drängte.
»Hier also steckst du.«
Die Stimme gehörte zu einer Frau. Sie hatte rote Haare. Sie war groß und hellhäutig, eine Ausländerin. Ihr Mund wirkte verrutscht. Es war die Frau, die Joaquín am Nachmittag Geld in seinen Eimer geworfen und ihm zugelächelt hatte.

Warum ausgelacht zu werden, positiv sein kann

Simone Troyat Campillo war nicht wegen Joaquín in die Bäckerei gekommen, wie er gleich erfahren sollte. Sie wollte auch kein Brot kaufen. Victors Lachen hatte sie angelockt. Aber sie schien sich über das Wiedersehen nicht richtig zu freuen.

»Warum bist du abgehauen?« Sie setzte sich auf die Fensterbank, weil kein Stuhl mehr frei war. Die anderen Gäste drehten sich zu der Frau um, die auch im Sitzen eine Riesin war. Ein junger Mann bot ihr seinen Stuhl an.

»Danke, nein. Ich kann nicht lange bleiben. *Muchas gracias,* vielen Dank.« Wieder an Victor gewandt fuhr sie fort: »Hör zu, mein Freund, ich brauche dich. Du musst heute Abend zurückkommen. Maria ist krank geworden. Der Sturm macht es nicht besser. Sie hat Angst. Kommst du?«

»Vielleicht.« Victors Mundwinkel zuckten. Zum ersten Mal entdeckte Joaquín einen nachdenklichen Ausdruck in den Augen des Jungen. Jetzt sah er nicht mehr wie ein Neunjähriger aus, sondern wie einer, der viel gesehen und erlebt hatte. Wie einer, der sich vor Erinnerungen fürchtete. Victor nickte und die Señora verabschiedete sich. Dabei lächelte sie erst Victor, dann Joaquín an.

»Wenn du nicht weißt, wo du heute Nacht schlafen sollst, komm zu uns. Du hast übrigens eine tolle Stimme.« Die Rothaarige stand auf, sie legte einen Geldschein auf den Tisch und weg war sie.

Victor lehnte sich zurück. Atmete tief ein und aus, als wäre ein Hurrikan über ihn hinweggefegt. Dabei war nur ein zerzaust aussehender Geist an ihrem Tisch aufgetaucht und wieder verschwunden. Dort, wo er gesessen hatte, auf der Fensterbank, war das Holz jetzt heller Ein halbkreisförmiger Fleck.

Señora Simone war keine Touristin, wie Joaquín vermutet hatte, sondern lebte und arbeitete in Moyogalpa. Von Victor erfuhr er, dass sie vor Jahren als Krankenschwester angereist war, um sich nach einer Weile in einen ehrenamtlichen Engel zu verwandeln. Ganz ohne Flügel und mit ungewöhnlichen Haaren, aber doch ganz eindeutig in einen Engel. Engel kommen mit wenig Geld aus und müssen daher nicht fragen: Was bringt mein Einsatz? Sie helfen einfach.

»Vielleicht hat sie sich aber auch nur verliebt und ist deshalb geblieben«, nahm Victor seine Beschreibung zurück. »Gut möglich, dass es in Frankreich keinen passenden Mann für sie gab. Auf jeden Fall ist sie mit einem Nicaraguaner verheiratet. Dem größten, den wir haben, mit Dario Campillo. Er war früher Basketballspieler.«

Wieder lachte Victor, kletterte auf den Stuhl und reckte Arme und Hände in die Höhe.

»Zwei Meter misst er bestimmt.«

Doch nachdem auch das größte Herumfuchteln nicht ausreichte, um ihn groß wirken zu lassen, sprang Victor wieder vom Stuhl herunter und erzählte weiter. Erstaunliches kam dabei zutage.

Neben ihrer Tätigkeit auf der Krankenstation, in der Joaquín letzte Woche verbunden wurde, leitete Señora Simone mit ihrem Mann auch ein Kinderheim. Sie hatten es vor zwei Jahren gegründet. Auch Victor wohnte in dem Heim. Aber nicht immer, denn ab und zu trieb es ihn zurück auf die Straße.

»Du wohnst in einem Heim, in dem es Essen gibt, und dann bettelst du mich an?«, ereiferte sich Joaquín. »Ich habe mein letztes Geld für dich ausgegeben.«

»Na und? Jetzt kann dir niemand mehr dein tolles Geld stehlen. Sei froh, dass du es für einen guten Freund ausgegeben hast.«

»Wir kennen uns kaum. Du bist nicht mein Freund.«

»Egal, was du sagst. Ich denke, wir sind sogar die allerbesten Freunde.« Und wieder lachte Victor. Lachte, als hätte er den besten Witz aller Zeiten gemacht.

Warum Grundsatzgespräche keinen Aufschub dulden

Eine ganze Weile verging, bevor die beiden aufbrachen. Denn sie besaßen wieder Geld, um sich von Brötchen und Säften verführen zu lassen. Und sie hatten ein Thema gefunden, das ganz dringend besprochen werden musste.
Wann ist ein Freund ein Freund?
Und was ist Freundschaft?

Wie wichtig ist das Vertrauen?
Und wie zerstörerisch die Eifersucht?
Kann man ohne Freunde leben?
Ein tiefgreifendes Thema kann man unmöglich besprechen, wenn man auf nur einem Stuhl Platz finden muss. Deshalb erkämpfte Victor sich einen zweiten Stuhl, setzte sich Joaquín gegenüber. Sah ihn eindringlich an. Aus glühenden Kohleaugen. Und stellte jede Menge unangenehmer Fragen.
»Wenn sie deine Freundin ist, warum hast du ihr nicht vertraut?«
»Rosa ist nicht meine Freundin.«
»Aber du wärst gerne mit ihr befreundet. Du warst eifersüchtig auf diesen Kerl.«
»Ich weiß nicht, was Eifersucht sein soll. Unterstell mir nichts.«
»Oho, wie er beißen kann, der große Joaquín. War ja nur eine Frage. Wie soll es jetzt weitergehen, mit dir und Rosa? Wirst du ihr verzeihen?«
»Gar nichts geht weiter. Ich brauche sie nicht. Sie braucht mich nicht.«
»Du wirst sie nicht vergessen, wetten. Und sie wird dich nicht vergessen.«
Was waren das für Sätze? Joaquín schluckte, verschluckte sich, Saft tropfte auf den Plastiktisch. Er wischte ihn mit dem Arm weg. Konnte nichts erwidern, denn genau das war es, was auch er spürte. Er würde Rosa nicht vergessen. Und durch seine Geschichten, so hoffte er, würde auch

sie sich an ihn erinnern. Vertrauen wuchs in ihm. Wie etwas sehr zartes, ein kleines Pflänzchen, das es zu pflegen und zu hegen galt.

Erwartungsvoll lachte Victor ihn an.

»Du lachst.«

»Ich lache.«

Joaquín mochte dieses offene Gesicht und das Lachen darin, das sich wie etwas Flüssiges zwischen ihnen ausbreitete. Es stimmte, ihm gegenüber saß ein Freund. Jede Menge verband ihn mit Victor, obwohl sie sich erst seit zwei Stunden kannten. Und doch vertraue ich ihm, stellte Joaquín fest.

Warum Joaquín ein Feigling ist

Beim Verlassen der Bäckerei geschah genau das, was Joaquín befürchtet, aber auch insgeheim gehofft hatte. Er entdeckte Rosa und ihren Vater in der Menschenmenge. Hand in Hand schoben sie sich durch den Trubel der Einkaufsstraße. Es war inzwischen dunkel geworden, doch immer noch drängten sich die Menschen auf den Gehwegen. Nur die Regenschirme waren verschwunden. Der Wind hatte die Wolken mitgenommen. Rosa und ihr Vater sahen sich suchend um. Was sie suchten, konnte man ihren Gesichtern nicht ansehen, dennoch war Joaquín sich sicher, dass sie nach ihm Ausschau hielten. Doch als hätte es das Gespräch mit Victor nie gegeben, loderte in Joaquín die Enttäuschung wieder auf. Und erdrückte das zarte Pflänzchen des Vertrauens. Nein, er konnte nicht verzeihen.

Es tut ihnen leid, dass sie mich schlecht behandelt haben, grollte es in seinem Inneren. Und deshalb haben sie den weiten Weg nicht gescheut, um hierherzufahren. Warum aber haben sie so lange gebraucht?

Soll ich ihnen folgen? Soll ich auf mich aufmerksam machen? Seine Gedanken beschleunigten und behinderten sich gegenseitig. Wurden zudem von neuen überholt. Hat meine Mutter sie losgeschickt? Weil sie nicht selbst auf die Idee gekommen sind, nach mir zu suchen. Sowieso ist das unwichtig, denn ob sie nun freiwillig oder unfreiwillig gekommen sind, nur das schlechte Gewissen hat sie hierhergetrieben.

So viele Gedanken. In einem Kopf. In nur wenigen Sekunden aufeinandergetürmt. Diese schlampige Bauweise erschien Joaquín nicht erfolgversprechend und dennoch handelte er nicht. Verfing sich weiterhin in den wildesten Annahmen. Bis die Gedankenmauer einstürzte. Erst danach kam der Befehl an die Beine: Renn ihnen hinterher! Zu spät. Rosa und ihr Vater waren von der Menschenmenge verschluckt worden.

Als hätte er laut geredet, schubste Victor ihn an.

»Bist du immer noch am Grübeln? Denkst du immer noch darüber nach, was du hättest tun sollen, was nicht? Es ist geschehen. Du bist abgehauen. Fehler kann man nicht mehr rückgängig machen. Möglicherweise aber kannst du aus deinen Fehlern lernen.« Victor machte eine vielsagende Pause, schaute auf. »Bei dir halte ich das allerdings für nahezu ausgeschlossen.« Ein kräftiges Lachen folgte diesem Schlusssatz, Victor amüsierte sich köstlich. Stolperte über seine Beine, lachte noch lauter und zog Joaquín mit sich fort.

»Sei nicht betrübt. Das war doch nur ein Spaß. Natürlich lernst du. Jeden Tag lernst du. Leider ist jeder Tag anders. So dass dir die Fehler von gestern nicht immer nutzen. Jetzt zeige ich dir dein Hotel, ha, ha, und dann sehen wir weiter.«

Verstohlen wischte Joaquín sich die Tränen aus den Augen.

Wie die Sache für Victor aussieht

Vor einem mehrstöckigen Gebäude blieb Victor stehen. »Das ist es.«

»Das da? Wie seltsam. Ist ein mehrstöckiges Gebäude nicht viel zu teuer? Da drin gibt es bestimmt schmale Treppen. Wenn die Erde bebt, müssen wir aus den Fenstern springen.«

Das Hotel war natürlich kein Hotel, sondern ein Kinderheim. Für Joaquín spielte das keine Rolle, denn er hatte keinen Vergleich. Weder das eine, noch das andere war ihm näher bekannt.

»Heute bebt die Erde aber nicht«, lachte Victor ihn aus.
»Komm jetzt, oder soll ich dich wie eine Braut über die Schwelle tragen?«
»Wag es nicht.« Spielerisch kämpften sie miteinander, bis Joaquín sich beeilte.
Mehrere Stufen führten zum Eingang. Hinter der Tür erwartete sie eine Halle und ein Pförtnerhäuschen. Victor musste sich dem alten Pförtner nicht vorstellen. Joaquín aber sollte seinen Namen und den Grund seines Auftauchens nennen.
»Melde dich in Zimmer 205, beim Direktor«, ermahnte ihn der Pförtner. Dann setzte er sich wieder in sein Glashäuschen und faltete die Hände vor dem Bauch. Für heute hatte er wohl genug gearbeitet.
Ein seltsamer Geruch stieg Joaquín in die Nase. Es roch nach Essig, Farbe und Erde. Merkwürdig. Da entdeckte er blühende Gewächse, die in Töpfen lebten und auf die Fensterbänke gestellt worden waren. Pflanzen, die jemand aus der Erde herausgerissen und in neue Erde versenkt hatte. Ähnliches war ihm bereits im Restaurant aufgefallen.
»Hat jemand diese Pflanzen gefragt, ob sie in einem Haus wohnen wollen? Und wie kommt der Regen zu ihnen?«
Victor wieherte los bei dieser Frage und nannte seinen neuen Freund begeistert einen Komiker.
»Du bist ein echter Komiker, so wie man sie im Fernsehen sieht. Ich könnte den ganzen Tag über dich lachen. Leider weiß man nie, ob du einen Witz machst oder nicht. Schau

nur dein Gesicht an, es ist todernst. Wie schaffst du es, nicht über dich selbst zu lachen?« Victor führte Joaquín die Treppe nach oben. Sie war ganz aus Holz. Die Stufen glänzten, hier mussten zahlreiche Füße entlanggeeilt sein. Doch niemand begegnete ihnen. Es waren auch keine Stimmen zu hören. Und Joaquín kam der Gedanke, dass sie sich in einem Geisterhaus bewegten. Nun kam sie doch, die Furcht. Ganz deutlich spürte er, wie sich eine Angsthand um seine Rippen legte, ihn zurück, nach unten und nach draußen schob. Doch sollte er schon wieder wegrennen? Etwas stimmte nicht mit diesem Kinderhotel und dennoch überwand er seinen Fluchtinstinkt. Denn was er sah, faszinierte ihn über alle Maßen. Auf jeder Etage standen hohe Schränke und breite Sessel und Bücherregale mit Tausenden von Büchern.

»Hast du die gelesen?«

»Na klar«, grinste Victor.

Unvermittelt standen sie in einem richtigen Badezimmer. Mit gekachelten Wänden und zahlreichen Waschbecken und abgetrennten Toilettenkabinen.

»Wo ist das Direktorenzimmer?«

»Zeige ich dir gleich. Jesus, was bist du so geizig mit deiner Zeit. Ich führe dich ein bisschen herum«, erklärte Victor großspurig. »Willst du dich vielleicht etwas zurechtmachen? Einen Kamm besitze ich allerdings nicht, aber ...« Vor einem großen Spiegel blieb er stehen und hielt Joaquín fest.

»Schau dich an, du solltest Schauspieler werden.«

Joaquín aber wollte sich nicht im Spiegel betrachten. Es gab nichts, worauf er stolz sein konnte. Sein Blick wanderte unruhig weiter, blieb an den Wasserhähnen hängen. Er probierte mehrere aus und tatsächlich, aus allen kam Wasser. Natürlich kannte er Wasserleitungen und -hähne. Aber zumeist befanden die sich im Freien. Richtig begeistert aber war er von den Schlafräumen.
»Wie viele Kinder schlafen hier?«, wollte Joaquín wissen und zeigte auf die sechs Betten. Auf jedem Bett lagen drei bis vier Stofftiere.
»Kannst du nicht zählen?«, stellte Victor die Gegenfrage.
»Sechs Betten für sechs Kinder. Das dahinten ist meins.« Victor trat zum letzten Bett. Er hob einen Hund an, dem ein Bein fehlte. Er war aus grauer Wolle gestrickt. Die Wunde war schlampig ausgebessert worden. Weiße Watteflusen flogen heraus, sammelten sich auf dem Fußboden. Nachdenklich drehte Victor das Spielzeug unter dem Deckenlicht, dann drückte er es an seine Brust. »Ich glaube, den schenke ich Maria. Ich bin aus dem Spielalter raus.«
Und ich habe noch nie ein Stofftier besessen, dachte Joaquín. Ihm war längst klar, dass es sich bei dem Geisterhaus um eine Art Paradies handelte.
»Gibt es mehrere Paradiese? Ein Vorparadies vielleicht, so wie es die Vorhölle gibt?«, wollte er wissen. Doch Victor sah ihn nur mit großen Augen an. Sagte nichts. Lachte nicht einmal.
»Es ist alles so sauber.« Joaquín war begeistert.

»Der Boden und selbst die Bettwäsche. Geben sie euch auch Kleider?« Zum ersten Mal betrachtete er die Kleidung seines neuen Freundes. Victors T-Shirt wirkte steif vor Dreck. Die Hose war eingerissen, Ölflecken schimmerten darauf.

»Wo wascht ihr die Sachen?«

»Was starrst du mich so an? Ich war ein paar Tage unterwegs. Und habe in Hinterhöfen geschlafen. Da konnte ich mich nicht sauber halten. Ist doch nur äußerlich. Was willst du? Das hier ist wie in einem Hotel. Sie waschen sogar für dich, aber nur, wenn du krank bist.«

»Das ist in Ordnung«, entschied Joaquín und verkniff sich die Frage, warum Victor sich auf der Straße herumtrieb, wenn sein Bett hier stand.

»Ich würde bleiben«, betonte er nur. »Kein Grund wegzulaufen, finde ich.«

»Du redest wie Señora Simone. Hast eben keine Ahnung.«

Warum nicht alles aus Gold ist

»**S**ag mal, fragst du dich nicht: Wo, bitte, sind die Kinder? Denn genau das ist das Problem.« Victor stellte sich ans Fenster, blickte auf den Innenhof herunter.

»Dieser Engel aus Francia, Señora Simone, ist ein Segen, aber auch eine Plage. Sie und ihre Mitarbeiter sind der Meinung, sie müssten uns den lieben langen Tag mit

Wissen vollstopfen. Deshalb beginnt der Unterricht um halb neun Uhr morgens. Frag nicht, was für Dinge sie einem in den Kopf einzupflanzen versuchen, denn wenn ich es dir erzähle, wirst du es nicht glauben. Es ist schrecklich. Interessiert dich die Hauptstadt von Frankreich, oder von Italien? Okay, in Italien wohnt der Papst. Das ist nicht schlimm, wenn man das weiß. Aber ich muss nicht mehr als bis fünfhundert zählen können, denn mehr Geld werde ich nie besitzen. Und ständig soll man sich die Hände waschen und die Ohren und die Zähne. Dabei reinigen sich sowohl die Zähne als auch die Ohren von ganz alleine.«

Victor legte eine winzige Atempause ein. Sie war lang genug, um Joaquín zu Wort kommen zu lassen.

»Wo sind die Kinder?«

»Ach, die Kinderchen. Sind ständig auf Achse. Nach der Mittagspause wird Sport gemacht und dann versuchen die Lehrer und Erzieher, uns wieder die Ohren und Köpfe zu füllen. Und so nett Señora Simone und die anderen auch sein mögen, für mich ist die Wascherei und Lernerei der Grund, warum ich immer wieder abhaue. Den ganzen Tag auf dem Hintern zu sitzen und Rechenaufgaben zu lösen, ist nichts für mich. Und Toiletten zu putzen und Betten zu machen verbietet mir mein Stolz. Für dich kommt das vielleicht in Frage.«

Das erforderte eine Antwort. Doch Victor sprach ohne Punkt und Komma weiter. Selbst das Lachen hatte er vergessen. Und Joaquín ahnte, dass die Heimschule ihn so sehr beschäftigte, dass er weder richtig durchatmen noch lachen konnte. Nur das Schimpfen, das lief gerade so richtig gut.

»Wo also sind sie?«, wiederholte der Junge zum zweiten Mal. Während Joaquín ihm eine weitere Treppe hinauf folgte, glaubte er die Antwort zu kennen.

In einem Lernzimmer.

»Falsch«, widersprach Victor, obwohl Joaquín doch gar nicht laut geredet hatte.

»Sie sind im Speisesaal. Aber ich schwöre dir, wenn die Menschen nicht essen und schlafen müssten, diese Erzieher, sie würden uns auch in der Nacht und den ganzen Tag mit nichts anderem als mit Buchstaben und Zahlen füttern.«

Endlich verstummte Victors Redefluss, denn ein Mann war aus einer Tür getreten. Es war der bei weitem größte Mensch, den Victor je zu Gesicht bekommen hatte. Wären die dunkle Hautfarbe und die breiten Nasenflügel nicht gewesen, er hätte ihn für einen Ausländer gehalten. Das also war der Ehemann der Französin und *el director*. Bestimmt war er ein gebildeter und wohlhabender Mann, das zeigten seine Kleider.

Warum manche Vorschriften unverständlich sind

»Guten Tag«, begrüßte der Direktor Joaquín. »Herzlich willkommen. Mein Name ist Dario Campillo, aber du kennst mich sicherlich aus dem Fernsehen. Meine Frau hat mir Bescheid gesagt, dass Victor dich mitbringt. Hast du Hunger?«
Joaquín traute sich nicht zu antworten. War es nicht erstaunlich, dass Menschen, die bestimmt jahrelang die Schule besucht hatten, so dumme Fragen stellen konnten. Schließlich stieß Victor ihn mit dem Ellenbogen an und Joaquín nickte.
»Also ja. Gut so. Gleich wirst du etwas bekommen. Vorher müssen wir allerdings kurz ins Büro. Wir kommen nicht drum herum, ein paar Papiere auszufüllen. Und du, Victor: Maria ist im Krankenzimmer. Es geht ihr nicht gut. Der Sturm hat ihr den Rest gegeben. Gehst du?«
Victor nickte betrübt und verschwand. Den Wollhund drückte er dabei fest an sich.

»So, jetzt zu dir«, sprach ihn Señor Dario an und winkte Joaquín zum Schreibtisch. »Nimm Platz, ein paar Papiere, es dauert nicht lange.«
Doch ein paar Papiere, das waren zehn Seiten, die Zeile für Zeile ausgefüllt werden mussten. Joaquín staunte über die Kompliziertheit der Welt. Die Fragen waren unmöglich zu verstehen. Dabei hatte er gelernt, mit den

merkwürdigsten Fragen klarzukommen. Hier aber war er auf einem neuen Planeten gelandet.
Welchen Beruf hat deine Mutter?
Welchen Beruf dein Vater?
Wo haben sie geheiratet?
In welchem Jahr?
Besitzen alle Kinder in deiner Familie den gleichen Nachnamen?
Außer auf dem Postamt musste Joaquín noch nie Angaben zu seiner Person machen. Er war noch nie in einem Hotel gewesen, hatte noch nie um ein Bett in einem Kinderheim gebeten. An einer Grenze kann es nicht schlimmer zugehen, vermutete er. Während Señor Dario mit schwungvoller Schrift Buchstaben zu Wörtern verband, schaute Joaquín sich um. In dem Raum standen ein Schreibtisch, ein Aktenschrank und eine Topfpflanze. Nicht auf der Fensterbank, dafür war sie zu groß, sondern auf dem Boden. Wie durch einen Filter hörte er die Stimme des Direktors. Eine bleierne Müdigkeit hatte seinen Körper eingeknickt. Ihm war kalt. Mit vornüber- gebeugten Schultern saß er vor dem Schreibtisch. Und musste aufpassen, dass er seinen Kopf nicht aus Versehen auf der Platte ablegte. Menschen, die lange zur Schule gegangen sind, stellen gerne Fragen. Fast kam es ihm so vor, als säße Peter vor ihm, denn er musste Auskunft geben über den Tod seines Vaters, die Lebenssituation seiner Mutter und die seiner Geschwister.
Und dann passierte es.

»Wann hast du deine Familie zuletzt gesehen?«
»Heute Morgen.«
»Heute Morgen?«, fragte der Direktor erstaunt. »Wie das, ich denke, du lebst auf der Straße?«
»Ich bin heute weggelaufen.«
»Und deine Mutter, weiß die davon?«
»Inzwischen dürfte sie es gemerkt haben.«
»Und jetzt, was glaubst du, wird sie tun?«
Joaquín überlegte, er biss sich auf die Lippen. Er dachte an Rosa und ihren Vater, sah sie durch die Straßen der Stadt irren. Seine Gedanken kehrten zu seiner Mutter zurück.
»Sie wird auf mich warten, denke ich.«
»Ach, das denkst du?« Die Stimme des Mannes war laut geworden. Die dunklen Pigmentpunkte in seinem Gesicht leuchteten. Auch die braunen Augen funkelten. Was war los? Was habe ich falsch gemacht?, überlegte Joaquín.
»Ich habe nur versucht, die Wahrheit zu sagen«, verteidigte er sich. Dabei wusste er gar nicht, welchen Vorwurf Señor Dario ihm gleich entgegenschleudern würde. Dass ein Vorwurf in ihm reifte, war jedoch unschwer zu erkennen. Der Männerhals war deutlich angeschwollen. Aufgepasst, gleich werden Ascheworte herausgeschleudert werden, die mich unter sich begraben. Und schon war es so weit.
»Siehst du dieses Schild?«, brauste der Mann los. Und seine Größe war jetzt nicht mehr bewundernswert, sondern angsteinflößend.

»Kannst du das lesen?« Er war aufgesprungen und an die Wand neben die Tür getreten. Sein Finger tippte auf einen Bilderrahmen.

»Das hat uns die Polizei hingehängt. Wir dürfen keine Kinder aufnehmen, wenn sie nicht mindestens zwei Wochen auf der Straße gelebt haben. Du hättest mir nicht sagen sollen, dass du heute Morgen noch daheim warst. Verstehst du das?«

»Nein.«

Wie eine Nacht im Freien sich anfühlt

Noch nie musste Joaquín im Freien übernachten. Nie war er nachts allein gewesen. Stets hatte sich ein anderer Körper mit ihm zu einem ein- und ausatmenden Kosmos verbunden. Jetzt war niemand bei ihm. Nur die Schwärze der Nacht. Noch nie war ihm der Himmel so weit weg vorgekommen. Und noch nie hatte er sich verletzlicher gefühlt. Er war ein Schatten. Weniger als das, er war der Schatten seines Schattens. Die Nacht war kalt. Feuchtigkeit hatte sich zwischen den Steinen, den Pflanzen und den Häusern gesammelt. Die Erde wartete auf den nächsten Tag, erwartete die Sonne. Auch dort, wo Joaquín lag, unter der auf Stelzen erbauten Veranda eines Restaurants, fror die Erde. Nur gut, dass er sich einen Karton mitgebracht hatte. Mit dem Körper hielt er ihn fest. Die Beine angewinkelt. Eine Hand hatte er unter seinen Kopf gelegt, die andere ruhte auf seiner Hüfte. Keinen Zentimeter durfte er sich bewegen, sonst rutschte ein Fuß oder eine Hand in den nassen Sand. Und dann biss ihn die Kälte nicht nur von oben, sondern auch von unten. Stillhalten, sagte er sich. Keinen Mucks machen. Bis hundert zählen. Bis tausend. Auf die Geräusche achten. Auf sich nähernde Schuhsohlen, auf schnüffelnde Hunde, auf Ratten. Und ja nicht mit den Zähnen klappern. Und ja nicht weinen. Weinen ist verboten. Er war jetzt ein Mann. Er war weggelaufen. Und das hier war ein Teil der Probe.

Die Vorprobe hatte so ausgesehen, dass er zum Hafen gelaufen war, weil er gehofft hatte, dass doch noch eine Fähre zum Festland ablegte. Der nächste Probenabschnitt führte ihn zurück zur Einkaufsstraße, wo er einfach nur schauen wollte, ob da vielleicht jemand herumstand, der auf ihn wartete. Ein blondes Mädchen vielleicht, ein blonder Mann vielleicht. Doch da niemand auf ihn wartete, ging er weiter. Flackernde Lichter begleiteten ihn, schnelle, rhythmische Musik und das Gegröle von Biertrinkern. Die wenigen Wagen schoben weiße Lichtkegel vor sich her. Er ging schnell, blieb nirgends stehen. Schaute aber in jedes Versteck. Hinter Mülltonnen, unter die Stelzenhäuser in Ufernähe, in Hauseingänge. Irgendwo mussten die Straßenkinder sein. Vielleicht hatten sie vergessen, dass sie ihn nicht aufnehmen wollten.

Vielleicht waren sie jetzt besser gelaunt. Er dachte immerzu das Wort *vielleicht*. Es schmeckte nach Hoffnung. Doch als er auf eine Gruppe Jugendlicher stieß, es war nicht die Fünfergruppe, die er am Abend angesprochen hatte, wurde er mit Steinen vertrieben. Er musste weitereilen. Durch Gassen, die immer dunkler wurden, in denen man sich verirren konnte, in denen die Einsamkeit zuhause war. Die nächste Probe sah so aus, dass er zurück zum Waisenhaus ging. Doch Victor war nirgends zu sehen und er traute sich nicht zu klingeln.

Also hatte er sich dieses Versteck gesucht, unter der Veranda eines leerstehenden Restaurants. Alles war gut und doch nicht, denn unter der Veranda saß auch die Angst. Und das nicht ohne Grund.

Ein grelles Licht huschte unter die Holzdielen, wanderte auf ihn zu. In seinem Gesicht blieb der Lichtkegel hängen. Die nächste Probe stand ihm bevor. Joaquín zitterte. Aufsetzen konnte er sich nicht. Der Abstand zur Veranda war zu niedrig. Er hielt sich die Hand vor die Augen. Krabbensucher, stellte er sich vor. Sie werden mir nichts tun.

»Was machst du da?«

»Du da?« Eine kratzige Stimme wiederholte die Frage. Sie waren zu zweit. Keine Krabbensucher, sondern Kinder. Jünger als er. Ein Mädchen, ein Junge. Sie kamen angekrabbelt. Sie hatten jede Menge Zeug dabei. Kartons und Decken und Taschen. Sie schoben Joaquín zur Seite. Nicht grob, aber energisch.

»Rück nach rechts.« Er rückte nach rechts.
»Willst du eine Decke?« Sie gaben ihm eine Decke. Joaquín nickte nur. Er konnte sich nicht bedanken. In seinem Mund war kein Ton.
»Hast du schon die Zähne geputzt? Nein? Das dachte ich mir«, lachte das Mädchen und boxte ihn gegen die Rippen.
»Tsch, nicht so laut«, ermahnte sie der Junge. Die Taschenlampe ging aus. »Zähneputzen ist nicht so wichtig«, sagte der Junge. »Nicht entdeckt zu werden, das ist wichtig. Will noch jemand ein Gebet sprechen?«
»Der Neue«, erklärte das Mädchen. »Er kann ruhig etwas für uns tun. Wir haben ihm schließlich eine Decke geliehen. Los, mach schon. Ich will endlich schlafen. Wie heißt du eigentlich?«
»Joaquín«, stotterte Joaquín.
»Kennst du kein Gebet?«
»Doch.«
»Auf was wartest du?«
»Wie heißt ihr?«
»Gabriel, wie der Erzengel, und Maria, wie die Muttergottes. Wir sind Geschwister.« Maria lachte wieder. Joaquín wusste nicht, warum.
»Egal was für ein Gebet?«
»Egal.«
»*Dios te salve, Maria, llena eres de gracia; el Señor es contigo.* Gegrüßet seist du, Maria, voll der Gnade, der Herr ist mit dir ...«

Joaquín sagte das ganze Gebet auf. Dann verstummte er. Auch die anderen waren verstummt. Bald hörte er sie gleichmäßig atmen. Sie schienen keine Angst vor ihm zu haben. Also beschloss er, ebenfalls keine Angst zu haben.

Warum es gut ist, wenn man Freunde hat

In der Stadt war die Hitze explodiert. Keine einzige Wolke zeigte sich am Himmel. Joaquín war alleine erwacht. Maria und Gabriel hatten ihre Sachen gepackt und waren verschwunden. Vergeblich hatte er versucht, auf eine Fähre zu kommen. Kontrolleure hatten ihn zurückgewiesen. Sein Magen war leerer als leer. Erst spät am Mittag schüttelte das Glück Joaquín die Hand. Im Schatten einer Markise entdeckte er ein bekanntes Gesicht. Victor stand wartend vor der Bäckerei. Er trug neue Kleider und schien gewaschen zu sein. Es war die Bäckerei, in der die beiden mehr als zwei Stunden verbracht hatten. War das erst gestern gewesen? Joaquín kam es vor, als wäre unglaublich viel Zeit vergangen, seit er von zuhause abgehauen war. In dem Augenblick, als er den Fuß auf die Straße setzen wollte, entdeckte ihn Victor.

»Mein Freund!«, brüllte der und lief ihm jubelnd entgegen. Ein Wagen hupte und der Fahrer eines Eselkarrens musste ausweichen. Wie ein kleines Äffchen sprang Victor an Joaquín hoch, klopfte ihm auf die Schulter, herzte und küsste ihn.

»Ich dachte schon, sie hätten dich heute Nacht auf dem Grill gebraten. Oder an einen Marterpfahl gebunden und skalpiert. Wir suchen dich schon lange, wo warst du?«

Victor war nicht alleine. Joaquín erkannte Señor Darios Frau, die jetzt die Straße überquerte und sich neben ihn stellte. Bei hellem Licht betrachtet kam sie ihm noch riesiger vor. Sie roch herrlich. Der Geruch kam von weit oben, aus ihrem Haar. In wirren Locken fielen ihr die roten Haare auf die Schultern.

»Hola, schön, dass wir dich gefunden haben. Endlich. Wirklich.«

Señora Troyat Campillo blickte auf ihre Uhr und es war klar, dass sie gleich zur nächsten Verabredung eilen musste.

»Warum sucht ihr mich?«

»Warum sucht ihr mich?«, äffte Victor ihn nach. »Ja, warum wohl. Der Herr ist wieder zu Späßen aufgelegt.«

»Du hättest gestern nicht weglaufen sollen«, mischte sich Señora Simone ein. »Mein Mann hat nicht gesagt, dass wir dich nirgends unterbringen können. Nur im Heim, da konntest du nicht bleiben. Wir hätten dir natürlich ein Bett bei Freunden besorgt, verstehst du das?«

»Los, antworte!«, ermunterte ihn Victor, der zu merken schien, wie ratlos Joaquín war. Verärgert biss Joaquín sich auf die Lippen. War das zu fassen? Jetzt sollte er der Dummkopf sein.

»Das hat mich Ihr Mann auch gefragt«, antwortete Joaquín endlich. »Mit genau den gleichen Worten. Und nein, ich verstehe es nicht. Ich hätte lügen sollen, dann ...«
»Eigentlich ist das ganz egal«, unterbrach ihn die Señora und legte ihre Hand auf seine Schulter. Doch das wollte Joaquín nicht. Er wollte nicht bemuttert werden.
Es war Victor, der die Dinge wieder ins Lot brachte. Ohne zu lachen, ohne Späße zu machen, überredete er Joaquín dazu, wieder ins Heim zurückzukehren.
»Es wird dir diesmal noch viel besser gefallen.« Dabei drehte Victor sich ständig im Kreis, ließ seine Blicke mal dahin, mal dorthin schweifen. Guckte wie einer, der am liebsten abgehauen wäre.

Wie ein schwieriges Gespräch zu einer guten Lösung führen kann

»**S**chlägt dich deine Mutter?«, fragte Señora Simone, als Joaquín, Victor und sie in dem Büro Platz genommen hatten. Ihr Mann war da gewesen, er hatte sich bei Joaquín entschuldigt. Und dieser hatte die Entschuldigung angenommen. Kurz hatte er geglaubt, dass jetzt alles gut werden würde. Doch dann prasselten wieder Fragen auf ihn herunter. Fragen, die Ungeheuerliches unterstellten.
»Nein, nie!«, brauste Joaquín auf. »Wie kommen Sie darauf? Wer hat das behauptet?«

Joaquíns Blick glitt zu Victor hinüber, doch der beschäftigte sich mit einem bunten Würfel, schien überhaupt nicht zuzuhören.
»Mal langsam«, erklärte die Heimleiterin, »ich will dich doch nur ein bisschen kennenlernen. Ich muss wissen, wie es dir geht und was dir fehlt.«
»Mir fehlt gar nichts«, protestierte Joaquín. Genau in dem Augenblick beschloss sein Magen, einen Riesenradau zu machen. Wie ein Hund so laut begann er zu knurren. Und wie eine Ziege fiel Victor mit meckerndem Lachen ein. Ein Ziegen-Hunde-Duett.
»Etwas zum Beißen wäre freilich nicht schlecht«, lachte Victor. »Señora Simone, lassen Sie ihn in Ruhe. Sehen Sie nicht, er ist müde. Er hat eine einsame Nacht hinter sich, er hat Hunger.«
Die Heimleiterin wollte die Dinge jedoch nach ihrem Geschmack und in ihrem Tempo erledigen.
»Jetzt musst du nicht lügen«, erklärte sie Joaquín.
»Es ist wichtig, dass du die Wahrheit sagst. Denn schau, es ist problematisch, wenn du bei uns oder bei unseren Freunden wohnst und gleichzeitig ein gutes Zuhause hast. Wenn deine Mutter auf dich wartet, dann müssen wir dich zurückbringen. Du willst doch nicht, dass sie sich Sorgen macht und die ganze Zeit weint. Victor hat mir erzählt, dass du abgehauen bist, weil du zur Schule gehen willst. Das ehrt dich.« Sie setzte sich auf, stemmte beide Hände auf den Lehnen ab.
»Hör zu, du kannst die Schule auch besuchen, wenn du

daheim wohnst. Hat deine Mutter vielleicht ein Handy, damit wir sie anrufen können?«

Joaquín erwachte wie aus einem Traum. Wie war das mit der Schule gemeint? Wie sollte das gehen? Und was hat Victor da wieder angestellt? Denn nun wohnte doch eine Lüge in diesem Raum. Er war nicht wegen der Schule abgehauen.

He, Victor, Victor, schau mich an, funkelten Joaquíns Augen. Doch sein Freund dachte nicht daran aufzuschauen. Spielte wieder mit dem bunten Würfel, verdrehte immer noch Farben. Und tat, als wäre er unschuldiger als unschuldig.

»Zur Schule?«, stotterte daher Joaquín. »Meinen Sie das ernst? Meine Mutter hat kein Geld.«

»Das ist klar. Sonst wärst du ja nicht abgehauen. Wir werden in Frankreich einen Paten für dich suchen. Der wird im Monat einen bestimmten Betrag bezahlen, so dass du in deinem Dorf zur Schule gehen kannst. Wie alt bist du jetzt?«

Das war eine Fangfrage. Ganz bestimmt. Was sollte er sagen? Sein Blick flog wieder hinüber zu Victor. Doch dieser Kerl nickte nur. Was sollte er mit einem Nicken anfangen? Wurde man noch gefördert, wenn man zwölf war?

»Neun, ich meine, ich bin fast zwölf«, stotterte Joaquín.

»So dazwischen.« Seine Gedanken hüpften weiter. Wo es einen Paten gibt, da gibt es noch einen und noch einen. Frankreich ist bestimmt ein großes Land, wenn es so große Frauen hervorbringt.

»Und meine drei Schwestern wollen auch in die Schule gehen. Wäre das nicht wünschenswert? Sie müssten dann nicht von zuhause weglaufen. Victor, sag doch auch mal was.«

Joaquín verkrampfte die Finger, doch sein Freund kam ihm nicht zu Hilfe. Das schien auch nicht nötig zu sein, denn Simone Troyat Campillo hatte sich Notizen gemacht, und wenn Joaquín ihrem Gesichtsausdruck Glauben schenken konnte, dann hatte sie gerade beschlossen, dass auch die Schwestern die Schule besuchen durften. Victor indes schüttelte ungläubig den Kopf. Sehr langsam stand er auf, fragte, ob seine Anwesenheit noch erwünscht oder notwendig sei. Wenn nicht, würde er jetzt gerne gehen, er wolle die Mathestunde nicht verpassen. Man könne ja so tolle Sachen lernen. Wie man einen Kuchen aufteilt und Autos abbezahlt und eine Wohnung auf Kredit ... Der Rest seines Monologs war nicht zu verstehen. Die Heimleiterin war aufgestanden, hatte ihn lachend hinausgeschoben und die Tür hinter ihm geschlossen. Den Würfel musste Victor eingesteckt haben, denn er war nirgends zu sehen.

»Wenn deine Mutter also kein Handy besitzt, sag, wo im Dorf kann ich anrufen, damit man ihr mitteilt, dass wir dich heute zurückbringen?«
»Im Supermarkt, dort können Sie anrufen.«
»Das mache ich. Doch eins muss ich dir vorher noch sagen. Damit du dir nicht zu große Hoffnungen machst.

Erstens werden die Schulsachen für dich nur bezahlt, wenn du nicht mehr als drei Wochen im Jahr fehlst. Und noch etwas. Leider können wir nur ein Kind pro Familie fördern. Wir haben im Augenblick nicht genügend Paten, um alle Kinder, die das wünschen, auf eine Schule zu schicken.

Der Weg durch die Flure des Waisenhauses kam Joaquín wie eine verwinkelte Höhle vor, in der man sich mühelos verlaufen konnte. Dabei ging Señora Simone direkt vor ihm. Ihm war schwarz vor Augen. Die Treppen konnte er nur bewältigen, indem er sich am Geländer festhielt. *Nicht genügend Geld,* trommelte ein Kobold in seinem Kopf. Dem kleinen Kerl schien es Spaß zu machen, diesen Satz ständig zu wiederholen. Es gibt nicht genug Geld. Nicht einmal Dolores können sie eine Schulausbildung ermöglichen.

Ich werde weiterhin arbeiten, grübelte Joaquín. Dann kann ich das fehlende Geld für Dolores verdienen. Mutter wird mir helfen. Es darf nicht sein, dass ich als Einziger die Schule besuche.
Gerade richtete er sich etwas auf, gerade hatte sein Kopf sich beruhigt, als Hände nach ihm griffen. Weit unter sich war ein heftiges Ein- und Ausatmen zu hören. Joaquín starrte an seinen Beinen hinab. Auf der untersten Treppenstufe saß ein kleiner Junge. Er zitterte. War er schon immer dort gewesen?

»Raphael, was ist?« Die Heimleiterin kam zurück, bückte sich und sah nach dem Kind, das jetzt zu weinen begann. Der Junge schluchzte verzweifelt, schien untröstlich. Señora Simone nahm ihn auf den Arm. Und Joaquín schien vergessen.
Das ist nicht schlimm, dachte der und schaute zum Fenster hinaus. Der Innenhof war von einer großen Mauer umgeben. Ein paar Kinder saßen auf Spielgeräten. Nur ein schmaler Streifen Himmel war zu sehen. Bestimmt ist der Junge traurig, weil er keine Eltern mehr hat, sagte sich Joaquín. Oder weil seine Eltern ihn nicht lieben. Mir geht es gut. Es ist wie in dem Lied mit dem Fischer. Im Haus der Großmutter wohnt die Liebe. Ich kann zurückkehren.
Fehler kann man nicht mehr rückgängig machen, hatte Victor behauptet. Möglicherweise aber kannst du aus deinen Fehlern lernen. Bei dir halte ich das allerdings für nahezu ausgeschlossen.
Victor war ein Spinner, der sich über alles und jeden lustig machte. Natürlich würde er aus seinen Fehlern lernen. Morgen schon würde er zu Peter gehen und ihm erklären, was los war. In einem aber hatte Victor recht, als er behauptete: »Ich kapiere nicht, warum du überhaupt weggelaufen bist.«
Joaquín verstand es selbst nicht mehr.

Warum ein Schluss immer nur
ein vorläufiger Schluss ist

Liebe Rosa
Diesen Brief schreibe ich in der Schule. Meine Lehrerin hilft mir dabei. Sie hat den gleichen Nachnamen wie ein sehr bekannter Basketballspieler. Jetzt spielt er nicht mehr. Er ist Direktor in einem Kinderheim. Meine Lehrerin heißt Dolores Guz Campillo. Die beiden sind aber nicht miteinander verwandt. Deine Adresse habe ich von Antonio. Ausgerechnet von ihm. Er war schuld, dass wir uns nicht mehr gesehen haben. Das stimmt und stimmt auch nicht, denn es war nicht richtig wegzulaufen. Doch dann hätte ich Señora Simone, das ist die Frau von dem Basketballspieler, nicht kennengelernt. Ich wäre wohl auch nie in die Schule gekommen. Du weißt es längst, ich habe damals gelogen, ich bin jetzt 14 Jahre alt. Seit zwei Jahren besuche ich die Schule. Immer nachmittags und ab und zu auch abends, zusammen mit den Campesinos und ein paar Frauen. Auch Doña Melia und ihre Söhne sind da. Doña Melia kommt immer als Erste. Aus ihrer Tasche holt sie Bücher und Stifte und Hefte. Und einen blauen Lappen. Am Ende der Unterrichtsstunde putzt sie die Tafel. Immer singt sie dabei das gleiche Lied.
Ich danke dir, du kleine Tafel.
Sie ist lustig. Vormittags arbeite ich. So kann ich meine Mutter unterstützen. Dass ich in die Schule gehe, verdanke ich Señora Simone und dem berühmtesten Basketballspieler Nicaraguas. Señora Simone lebte früher in Frankreich. Sie

und ihr Mann haben sich in den USA kennengelernt. Victor hat gelogen. Aber das mit Victor ist eine lange Geschichte, die erzähle ich Dir ein anderes Mal.
Ich weiß jetzt, wo diese Länder liegen und wie ihre Hauptstädte heißen. Paris und Washington D.C. Und die Hauptstadt von Deutschland ist Berlin. Señora Simone sammelt in Frankreich Geld für arme Familien in Nicaragua. Damit Kinder wie ich in die Schule gehen können. Sie sagt, das sei nur recht und billig, denn die reichen Länder zahlen viel zu wenig für die Dinge, die sie bei uns einkaufen. Mangos und Bananen, zum Beispiel. Meine Mutter ist sehr stolz auf mich. Auch Dolores geht in die Schule. Ich danke deinem Vater, dass er meiner Mutter genug Geld gegeben hat. Mehr, als ich verdient habe. Und Dolores dankt Euch auch.

Ich habe Dich und Deinen Vater in Moyogalpa gesehen. Wenn ich gewusst hätte, dass Ihr am nächsten Tag wegfahrt, wäre ich zu Euch gekommen. Aber ich habe mich nicht getraut. Nächstes Mal werde ich nicht weglaufen. Ich bin kein Feigling. Ich habe Euch sehr vermisst. Kommt Ihr wieder? Können wir wieder miteinander reden und arbeiten? Oder wirst Du mir schreiben? Ich habe mir überlegt, dass ich Schriftsteller werden könnte. In der Schule habe ich Gedichte geschrieben. Die hat meine Lehrerin vorgelesen. Ich bin wirklich gut. Möglicherweise werde ich aber auch Polizist. Wir brauchen gute Polizisten. Und Journalisten brauchen wir auch. Ich werde über Don Alonso schreiben und die Fischfabrik im See, die alles verschmutzt. Aber wenn der große, chinesische Kanal wirklich kommt, ist das natürlich zweitrangig. Du hast mich einmal gefragt, was ich werden will. Ich weiß es immer noch nicht, aber ich werde einen richtigen Beruf erlernen und nur am Nachmittag auf dem Land der Großmutter arbeiten. Das habe ich mir fest vorgenommen. Unsere liebe Großmutter ist leider gestorben. Wir waren alle sehr traurig. Nur die kleine Nieves hat gelacht. Das war aber ohne böse Absicht. Sie ist immer noch meine Lieblingsschwester. Weil sie so klein ist und so viel lacht. Im letzten Jahr war sie sehr krank, weil wir verdorbenes Wasser getrunken haben. Nur sie ist krank geworden. Vielleicht werde ich auch Ingenieur. Ometepe braucht sauberes Trinkwasser. Ich werde neue Brunnen bauen. Es ist schön, wenn man eine gute Arbeit hat. Bis es so weit ist, arbeite ich als Erfinder. Ich habe mit meinen Freunden eine neue Touristenattraktion erfunden. Du musst bald kommen. In eine paar Wochen wird unser Schmetterlingspark eröffnet. Die große Voliere ist fertig. Der Bürgermeister hat uns geholfen und uns Geld geliehen. Meine Mutter und ein paar andere Frauen werden dort arbeiten. Pablo, José und ich haben Raupen gezüchtet. Wunderschöne Falter sind geschlüpft. Ich liebe vor allem die blauen Morphos. Als Nächstes wollen wir einen Wanderpfad erfinden. Damit die Touristen den Urwald um unser Dorf herum erkunden und die Tiere beobachten können. Die Schönheit Ometepes wird sich nicht mehr schämen. Du wirst staunen. Kannst Du mir antworten? Ich warte.

Ende

Literatur

Monika und Michael Höhn *Unterwegs in Nicaragua –
Und Esmeralda tanzte*, IATROS-Verlag, 2007

Monika und Michael Höhn *Alltag in Nicaragua – Vom Leben der
Menschen auf der Insel Ometepe*, Gronenberg-Verlag, 2008

Gioconda Belli *Tochter des Vulkans*, Peter Hammer Verlag, 1990

Gioconda Belli *Bewohnte Frau*, Peter Hammer Verlag, 1988

Franz Xaver Kroetz *Nicaragua-Tagebuch* / Suhrkamp, 1991

Esteban Cuya, *Wenn die Straßen sprechen könnten*,
Schmetterling Verlag, 2007

© Karin Bruder
© Peter Hammer Verlag GmbH, Wuppertal 2015
Lektorat: Eva Massingue
Umschlaggestaltung: Niklas Schütte
unter Verwendung von Fotomotiven von
iStockphoto.com (©iStockphoto.com/Nr. 19123229
Mlenny; Nr. 36733324 Molly_Wolff_Photography)
Satz: Graphium Press
Druck: GGP Media GmbH, Pößneck
ISBN 978-3-7795-0513-6
www.peter-hammer-verlag.de

Begegnung der Kulturen
Kinder- und Jugendbücher im Peter Hammer Verlag

Lutz van Dijk (Hrsg.)
African Kids

Eine südafrikanische Township Tour
Mit ca. 100 Fotos, ab 10
104 Seiten, gebunden, 3. Aufl. 2014
ISBN 978-3-7795-0423-8

Der 10-jährige Sive aus dem Kinderhaus HOKISA in der südafrikanischen Township Masi führt die Leser zwischen den Hütten aus Holz und Blech herum und macht sie mit seinen Freunden und ihren Geschichten bekannt. Sie zeigen, dass die Township-Kids, wie unsere Kinder hier, von einem Leben träumen, in dem Liebe, Freundschaft und Vertrauen die Hauptrolle spielen.

Mit einem Nachwort von
Friedensnobelpreisträger Desmond Tutu.

PETER HAMMER VERLAG

Begegnung der Kulturen
Kinder- und Jugendbücher im Peter Hammer Verlag

Sonwabiso Ngcowa
Nanas Liebe

Roman
Aus dem Englischen und mit einem
Nachwort von Lutz van Dijk
192 Seiten, gebunden, ab 14
ISBN 978-3-7795-0499-3

Nana ist neu im Township Masi und sie fühlt
sich fremd. Die Mädchen in ihrer Klasse haben nur eins
im Kopf: das richtige Outfit und Jungs! Nana teilt
ihre Leidenschaft nicht und erst, als sie sich in ihre
Nachbarin Agnes verliebt, beginnt sie, sich selbst
zu verstehen. Sie erfährt nun beides: großes Glück
und die Angst vor Ablehnung und Gewalt.
Eine bewegende coming-out-Geschichte
aus Südafrika.

PETER HAMMER VERLAG